La saison des feux

Charlotte Morris

La saison
des feux

Prologue

Le contrôleur radio donna le feu vert, et Julien atterrit en douceur sur le pont du *Clemenceau*. Comme toujours, il se sentit satisfait, de cette satisfaction que donne l'impression d'avoir accompli son devoir – et de l'avoir bien accompli. Chaque geste de la manœuvre, à chaque seconde, était parfait, et il le savait.

Il y avait maintenant deux ans qu'il avait été affecté au *Clemenceau*. Grâce à ses brillants antécédents, il n'avait eu aucune difficulté à être accepté. Certains de ses collègues l'admiraient, mais cette admiration, chaque fois, lui semblait un peu incongrue. Pourquoi admirer quelqu'un parce qu'il faisait quelque chose qu'il adorait et qui lui était aussi naturel que de marcher ? Piloter, Julien avait cela dans le sang.

Il déboucla son harnais. L'exercice était terminé. Comme il descendait de l'avion, un des mécaniciens l'interpella :

— Hé, Costa ! Le chef veut te voir. Il faut que tu le rejoignes au *Cocotier* dès que possible.

— OK. Merci.

Un quart d'heure plus tard, Julien marchait à grands pas sur le quai. Le *Cocotier*, un bar avec vue sur la mer, était le QG de tous les hommes qui servaient sur le *Clemenceau* lorsque le porte-avions était à Toulon, son port d'attache. Que lui voulait le chef ? Oh, il ne s'inquiétait pas : il ne voyait objectivement pas ce qu'on aurait pu reprocher à son travail. Quoi qu'il en soit, il allait bientôt être fixé.

Le soir tombait, et une brise printanière s'était levée, faisant flotter doucement derrière Julien les pans de son écharpe en soie blanche. À quelques mètres, il aperçut l'enseigne du *Cocotier* : le nom du bar, flanqué d'un cocotier rose fluorescent, s'affichait en lettres d'un bleu tellement criard qu'il éblouissait presque les passants. Mais, malgré son apparence tape-à-l'œil, c'était un endroit agréable, à l'ambiance bon enfant.

Julien poussa la porte du bar et fut aussitôt assailli par un brouhaha de musique et de conversations. Il s'immobilisa un instant et parcourut la salle du regard : au premier plan, des tables, toutes occupées, où les gens riaient en buvant l'apéritif ; plus loin, le comptoir, où Serge, le patron, servait les habitués en plaisantant avec eux. Julien examina d'un coup d'œil les hommes juchés sur les tabourets de bar et repéra rapidement Ledoux, son chef. Ce dernier discutait avec un type assis à côté de lui, que Julien ne voyait que de profil.

Il s'avança parmi les tables, saluant au passage les gens qu'il reconnaissait, adressant un signe de tête aux filles qui lui souriaient, et s'arrêta devant Ledoux.

— Ah, salut, Costa ! Comment ça va ?

— Bien, merci, répondit Julien en lui serrant la main.

— Asseyez-vous, mon vieux, et buvez un verre avec nous, reprit Ledoux. Ce garçon-là, ajouta-t-il en désignant du menton l'homme qui l'accompagnait, est votre nouvel équipier : Robert Rinaldi, mécanicien de son état. Rinaldi, permettez-moi de vous présenter votre pilote, le brillant capitaine Costa.

Julien tourna la tête vers Rinaldi, qui lui tendait la main. D'emblée, le mécanicien lui plut, avec son visage franc et ouvert.

— Enchanté, capitaine Costa.

Julien lui sourit.

— Autant partir sur de bonnes bases, Rinaldi. Appelle-moi Julien, et tutoyons-nous.

Les deux hommes échangèrent une poignée de main, puis Julien se hissa sur le tabouret voisin de son nouveau mécanicien. La conversation s'engagea aussitôt, aisément, comme s'ils faisaient équipe depuis plusieurs années.

Julien en était à sa deuxième bière quand Ledoux annonça qu'il devait rentrer. Lorsqu'il eut quitté le bar, Rinaldi demanda :

— Tu as encore un moment, ou il faut aussi que tu rentres ?

Sans répondre, Julien détourna le regard et porta sa bière à ses lèvres. Il attendit de l'avoir finie pour reprendre la parole.

— Je suppose qu'il vaudrait mieux que je rentre… mais je n'en ai aucune envie.

— Ah… et pourquoi ? demanda Rinaldi après une brève hésitation.

— Tu es marié ? s'enquit brusquement Julien, tout en faisant signe au patron de lui resservir une bière.

— Euh… non.

— Eh bien, moi, si. Tu es content ? Ça répond à ta question ?

Rinaldi se tourna vers lui.

— Écoute, mon vieux, si tu as des ennuis, je veux bien compatir, mais il est inutile d'être agressif.

Julien quitta sa bière des yeux, croisa le regard de Rinaldi et eut soudain honte.

— Excuse-moi, marmonna-t-il en donnant une tape sur l'épaule de son mécanicien. C'est vrai que je n'ai aucune raison de m'en prendre à toi.

Sur ce, il replongea le nez dans son verre… verre qui fut remplacé tant de fois au cours de la soirée qu'il n'aurait pu dire combien de bières il avait bu. Trois heures plus tard, il était encore au *Cocotier*, avec Rinaldi. À un moment au cours de la soirée, ils avaient dû changer de place, car ils étaient maintenant assis à une table, et Julien pouvait voir, à côté de la tête de son compagnon assis face à lui, le reflet dur et amer de son visage dans le miroir qui courait tout le long du mur du bar.

Il termina son sixième – à moins que ce ne fût le septième – verre de bière, le reposa sur la table et examina le mécanicien. Quelque chose dans son expression lui disait qu'il pouvait lui faire confiance.

— Bon, dit Rinaldi après un long silence, je crois qu'on devrait y aller, non ?

Julien fit tourner son verre vide entre ses doigts.

— C'est vrai, cela vaudrait mieux, répondit-il sans enthousiasme.

Il n'était pas pressé de retrouver son appartement et la femme qui l'y attendait. Il imaginait très bien Sandra en ce moment : installée sur le canapé devant une émission stupide, elle devait ruminer sa rancœur, réfléchir aux arguments qu'elle opposerait à son mari durant la scène de ménage qui ne manquerait pas de suivre le retour de Julien.

Il poussa un long soupir. Rinaldi lui jeta un regard interrogateur, puis s'éclaircit la gorge et marmonna :

— Écoute, Costa… si tu as besoin de parler de ce qui te tracasse, fais-le, ça ne me gêne pas.

Julien eut un sourire sans joie. Raconter ses malheurs à Rinaldi ? À quoi cela servirait-il ? Et qu'aurait-il pu lui dire ? Que son mariage était un échec ? Le mécanicien l'avait probablement deviné. Sandra et lui étaient mariés depuis à peine un an, mais cela faisait déjà des mois qu'il avait compris que cette union était une erreur, qu'ils couraient à la catastrophe.

Soudain, il revit leur première rencontre, lors d'une soirée chez des amis communs, à Paris. Il y avait tellement de monde que les invités ne tenaient pas tous dans le salon et avaient dû se répartir dans les différentes pièces de l'appartement. Julien était allé de groupe en groupe, discutant ici et là avec diverses personnes, échangeant plaisanteries et propos sans importance. Lorsqu'il était entré dans la cuisine,

9

où s'entassaient une dizaine de convives, son regard avait aussitôt été attiré par une jeune fille brune dont le rire gai s'élevait dans la pièce. Il était resté là, dans l'embrasure de la porte, à la regarder.

Comment appeler ce qu'il avait ressenti à ce moment-là ? Un coup de foudre ? Eh bien, si c'était le cas, il n'y croyait pas, au coup de foudre, songea-t-il avec colère. C'était aussi éphémère qu'un feu de paille, qui ne laissait derrière lui que des cendres, et pas la moindre parcelle d'amour.

S'il avait pu revenir en arrière, à cet instant où il avait vu Sandra pour la première fois, nul doute qu'il aurait tourné les talons… Il se souvenait d'avoir pensé qu'elle ressemblait à Scarlett O'Hara dans *Autant en emporte le vent*, un film qu'il avait vu autrefois avec son père. Comme Scarlett au début du film, Sandra était entourée d'une demi-douzaine de jeunes gens qui cherchaient à attirer son attention, et elle, au centre de sa cour, dispensait sourires et reparties comme une reine accorde ses faveurs. Mais elle avait remarqué sa présence, Julien l'avait compris. Leurs regards s'étaient croisés, et il avait su qu'elle serait à lui s'il le voulait.

Lorsque Sandra était partie, elle lui avait glissé un bout de papier sur lequel elle avait inscrit son numéro de téléphone. Julien, qui avait l'habitude des conquêtes faciles, ne s'en était pas vraiment étonné. Il savait qu'il plaisait aux femmes, avec son regard bleu, sa haute taille et son air un peu sauvage.

Mais qu'est-ce qui avait bien pu le pousser à avoir avec Sandra autre chose qu'une aventure passagère? Il se posait encore la question. Certes, c'était une jeune fille pétillante, joyeuse, et sans doute avait-il besoin à cette époque d'un peu de gaieté et de légèreté dans sa vie – son père était mort quelques mois plus tôt, emporté par un cancer, et il n'avait plus aucune famille. Aveuglé par la grâce de Sandra, étourdi par sa beauté, il s'était lancé à corps perdu dans cette histoire. Ç'avait été un vrai tourbillon: deux mois après leur rencontre, il l'avait demandée en mariage, et un mois plus tard, ils étaient unis pour le meilleur et pour le pire. Mais le meilleur, ils l'avaient eu avant le mariage, songea Julien avec amertume. Depuis, ils ne connaissaient que le pire.

La voix de Rinaldi le tira soudain de ses pensées.

— Costa? Tu rêves?

— Je crois bien que oui, fit Julien avec une grimace. Même si ça ressemble plutôt à un cauchemar, ajouta-t-il, plus pour lui-même que pour Rinaldi. Excuse-moi. Allons-y, tu veux?

Rinaldi hocha la tête et se leva. Lorsqu'ils se retrouvèrent dehors et se séparèrent, il donna une tape amicale sur l'épaule de Julien, et bizarrement celui-ci en éprouva un certain réconfort. Après tout, qu'était-ce que l'amour quand on avait l'amitié?

Marcher lui fit du bien et lui permit de dissiper les vapeurs de l'alcool. Quelque part dans la ville, la cloche d'une église sonna douze coups. Minuit. Avec un peu de chance, se dit-il, Sandra serait couchée et endormie quand il rentrerait. Sinon, il aurait droit à des reproches pour son retard, pour l'avoir laissée seule toute la soirée dans cette ville où elle ne connaissait personne. Ne pouvait-il pas faire un effort ? Elle, elle en avait fait, non ? N'avait-elle pas quitté Paris, où elle avait sa famille et ses amis, pour le suivre ? Julien soupira. Il connaissait par cœur les récriminations de Sandra.

Arrivé à son immeuble, il délaissa l'ascenseur pour l'escalier. Tout en grimpant les marches, il sortit sa clé de sa poche – clé qu'il s'efforça de tourner le plus doucement possible dans la serrure. Il referma sans bruit la porte derrière lui et pénétra dans le salon. Là, pelotonnée sur le divan, éclairée seulement par une lampe d'appoint, sa femme l'attendait. Des traces de larmes maculaient son visage aux traits délicats. Visiblement, elle avait revêtu son masque de tragédienne, pensa Julien avec une bouffée de hargne.

— Bonsoir, dit-il d'un ton neutre.

Sandra ne lui répondit pas. Elle le regarda un instant en silence, puis se leva et quitta la pièce. Julien ne fit rien pour la retenir, ni pour engager la conversation. À vrai dire, il se sentait soulagé d'avoir évité, au moins pour cette fois, une scène de ménage. Il resta un moment dans le salon, guettant les bruits dans l'appartement. Sandra se brossait les dents, se glissait dans le lit… Il attendit encore longtemps pour la rejoindre, afin d'être sûr qu'elle serait endormie quand il irait se coucher à son tour.

— Ça va, Costa ?
— Bien sûr que ça va, marmonna Julien.

Mais c'était faux. À présent, il distinguait de nouveau le porte-avions, retrouvait ses réflexes et pouvait amorcer la descente, mais un instant plus tôt, pendant une seconde, sa vue s'était brouillée, et il n'avait plus vu que du noir, des taches noires entourées de cercles éblouissants. Bon sang, il avait bien failli piquer tout droit dans la mer et se tuer avec son équipier !

Il devinait que Rinaldi, assis à côté de lui, l'observait du coin de l'œil. Sans doute voyait-il la sueur qui perlait sur son visage. Mais Julien s'était ressaisi. Ses gestes étaient sûrs, précis. Tout allait bien. Oui, tout allait bien, se répétat-il. Ce n'était rien d'autre qu'un peu de fatigue.

Ce soir-là, il déclina l'invitation de Rinaldi, qui lui proposait de lui payer un verre au *Cocotier*. Depuis bientôt six mois qu'ils faisaient équipe, Julien n'avait jamais eu à se plaindre de son mécanicien. C'était un homme droit, toujours d'humeur égale, avec qui l'on pouvait plaisanter mais aussi avoir des conversations sérieuses. Comme il l'avait deviné dès leur première rencontre, ils étaient rapidement devenus amis. Rinaldi était le seul à être au courant de ses problèmes avec Sandra.

Sandra… Elle l'exaspérait, mais il éprouvait aussi une certaine pitié pour elle. Dès l'instant où ils s'étaient mariés, elle avait commencé à se faner, comme une fleur privée peu à peu d'eau. Pour les autres, elle était toujours la jeune femme belle et gracieuse qu'il avait rencontrée, mais lorsqu'ils se retrouvaient seuls, elle se transformait en mégère aigrie. Plusieurs fois déjà, elle avait parlé de divorce, et Julien espérait qu'ils parviendraient rapidement à cette conclusion. Le problème, c'était que Sandra l'aimait toujours. Elle prétendait vouloir divorcer, mais sans doute n'était-ce qu'un stratagème destiné à l'effrayer et à le ramener à elle. Quoi qu'il en soit, Julien était décidé à mettre les choses au point. Et dès ce soir.

Le dîner fut silencieux, tendu. Enfin, alors que Sandra débarrassait la table, Julien prit la parole.

— Sandra...

La jeune femme, debout devant l'évier, une assiette sale à la main, se figea, alarmée par son air grave.

— Quoi ?

— Il faut qu'on parle sérieusement. On ne peut pas continuer comme ça. Tu es malheureuse, et moi aussi.

— Non, Julien, je t'en prie... Je ne suis pas malheureuse... C'est juste que j'ai besoin d'un peu de temps pour m'habituer à cette vie...

Julien se leva brusquement, lui prit l'assiette des mains et la posa dans l'évier.

— Du temps ? Mais cela fait presque deux ans que nous sommes mariés ! Si tu avais pu t'habituer à cette vie, comme tu dis, il y a longtemps que tu l'aurais fait. Continuer ainsi ne servirait à rien, sinon à aggraver les choses, ajouta-t-il d'une voix plus calme, en la regardant dans les yeux. Tu vois bien que nous n'avons rien en commun. Cette histoire est une erreur depuis le début. Tu étais trop jeune, trop immature... Je n'aurais jamais dû t'embarquer là-dedans. Crois-moi, je ne te reproche rien. Mais ta place n'est pas avec moi. Tu le sais, n'est-ce pas ?

— Non, Julien, fit-elle en sanglotant. S'il te plaît, ne me laisse pas… Je ne peux pas croire que tu ne veuilles plus de moi. Peut-être qu'on est différents, mais on s'aime, non ? Tu m'aimes, hein ?

Julien se détourna et s'éloigna de quelques pas. Dans son dos, il sentit que Sandra se rapprochait.

— Dis-le-moi, Julien. Dis-moi que tu m'aimes.

Un mot, songea Julien. Un seul petit mot, et il serait libre. S'il avait pu éviter de le dire, éviter de blesser Sandra, il l'aurait fait. Mais la situation pourrissait depuis trop longtemps entre eux. Il était temps d'y mettre un terme.

— Non, dit-il à voix basse.

— Non ? répéta Sandra.

Il se retourna vers elle et lui prit la main.

— Non, Sandra, je ne t'aime pas.

Il vit les yeux de sa femme s'écarquiller, le regarder un instant avec incrédulité, puis elle libéra sa main et s'enfuit de la cuisine.

Cette nuit-là, Julien dormit sur le canapé du salon. Il eut du mal à trouver le sommeil, et lorsqu'il s'endormit enfin, ce fut pour rêver de soleils noirs qui lui brouillaient la vue. Son avion était sur le point de s'écraser quand il se réveilla en sursaut.

Le cœur battant, il se redressa et tenta de se calmer. Puis il quitta son lit de fortune et alla se camper devant la baie vitrée. Le jour se levait à peine. Jamais auparavant il n'avait souffert de malaise, jamais il n'avait eu d'éblouissement. Il voulut se persuader que c'était sans importance, qu'il ne s'agissait sans doute que d'un coup de fatigue dû à son état nerveux, mais au fond de lui-même, il n'y croyait pas.

Le plus raisonnable, évidemment, eût été d'aller voir un médecin. Mais il savait déjà qu'il ne le ferait que contraint et forcé. Mieux valait attendre et prier pour que cet étourdissement ne se reproduise pas. Il envisagea un instant de se confier à Rinaldi, mais y renonça. Ils avaient beau être amis, si son mécanicien devinait que sa vie était en danger, il ferait un rapport, et Julien se retrouverait aussitôt suspendu, interdit de pilotage. Il se passa la main sur le visage en soupirant. Si seulement Sandra avait été la femme aimante et compréhensive dont il avait rêvé, il aurait pu lui en parler...

Sa future ex-épouse devait encore être en train de dormir. Julien se sentait coupable de l'avoir épousée, coupable de l'avoir entraînée dans cette vie-là, coupable de s'être trompé à ce point... Pourtant, et bien qu'il en eût un peu honte, le sentiment qui dominait en lui était le soulagement. Sandra serait sans doute partie avant la fin de la semaine, et il se retrouverait libre, comme avant. Libre de se consacrer à la seule véritable passion qu'il avait jamais eue : le pilotage.

1

— L'enfant a été retrouvé sain et sauf. Il ne
s'agissait donc que d'une fugue : tout est bien
qui finit bien. Les parents… Ah ! Excusez-moi
un instant.

Le présentateur du journal du soir décrocha
le combiné du téléphone, écouta, raccrocha.
Son regard chercha la bonne caméra, puis il
poursuivit :

— À propos des incendies de forêt qui rava-
gent actuellement le pays, les images que je vous
avais annoncées au début de ce journal nous
parviennent enfin. Regardons-les ensemble.

L'écran bleuté de la télévision s'empourpra. Ce
fut d'abord des flammèches qui rampaient sur
les collines, couraient sur les prairies d'herbe
sèche. Les flammes léchaient le sol, vivaces,
vivantes, insatiables. Puis il y eut un gros plan
sur les premiers arbres, dont les troncs éclataient, libérant leur sève avec un crépitement de
fusillade. La progression inéluctable des langues
de feu, leur rage à sauter par-dessus les sentiers
et les routes de terre étroites forçaient à une
attention fascinée, angoissée, passionnée.

Dans cette peinture folle où se mêlaient toutes les nuances de rouge, des silhouettes dansaient un ballet étrange et désespéré. Des hommes, le visage masqué par des foulards ou des linges, s'agitaient rageusement, armés de bâtons, de bêches, de branchages, s'acharnaient à combattre une terre devenue démente. Les ombres s'épuisaient à vaincre les bouches multiples d'un dragon qui ne laissait derrière lui qu'un désert de cendres.

Le ronflement avide de l'incendie emplit la petite pièce où Juan et Claudia, assis côte à côte sur le divan, regardaient la télévision.

— Là! Là! s'exclama Claudia en désignant un point sur la télévision.

Dans le coin gauche de l'écran venait de jaillir un avion orangé. Les *bomberos*, les pompiers volants du Pérou, entraient en scène, aux commandes des vieux Fokker qui leur tenaient lieu de Canadair.

Fascinée, Claudia gardait les yeux rivés sur l'écran.

— Mon Dieu, regarde celui-là! Il va se faire rôtir!

L'avion plongeait dans les flammes, puis réapparaissait, traînant derrière lui une masse irréelle de vapeur blanche.

— Misère et fin d'un pilote inconscient, commenta Juan, grinçant. Ce type est un fou furieux. Comme les autres, d'ailleurs. Tu te rends compte qu'ils vont chercher leur eau au Lago de Plata?

— Et alors?

— Rappelle-toi, quand on y est allés l'année dernière, on a dû tourner en rond pendant plus d'une heure avant de le dénicher. Ce lac est tellement encaissé dans la forêt, tellement perdu dans les arbres qu'on a eu de la chance de tomber dessus ! Et c'est là-dedans que ces avions vont faire le plein d'eau ?

— Pourquoi pas ?

— Il est grand comme un mouchoir de poche ! Les pilotes doivent prendre des risques énormes pour descendre, embarquer des tonnes d'eau, remonter… Des fous furieux, je te dis !

— Des fous qui risquent leur vie pour toi, observa Claudia.

— Pour moi ? Penses-tu ! Les feux ne se propageront jamais jusqu'ici.

— Tu crois toujours que les malheurs n'arrivent qu'aux autres ! répliqua Claudia, agacée.

— Chacun doit balayer devant sa porte.

— Ah !

Claudia eut un petit rire ironique.

— J'avais oublié que c'était à moi de débroussailler autour de la maison ! Tu as vu tous ces buissons qui nous entourent ? Un vrai traquenard ! À la moindre étincelle, nous voilà grillés ! Chaque année, tu dis : « Je m'en occuperai l'an prochain. » Et les voisins, les amis que nous avons dans cette vallée, est-ce que tu penses à eux ?

L'odeur âcre des brasiers avait envahi le pays tout entier, et par les fenêtres grandes ouvertes soufflait un courant d'air où l'on croyait sentir l'haleine des grands incendies.

Du revers de la main, Claudia s'essuya le front. Cette saison sèche n'en finirait donc jamais !

Elle suspendit brusquement son geste, la bouche ouverte sur un cri, et fixa la télévision d'un regard horrifié.

— Non !

Sur l'écran, l'appareil orangé avait dégringolé droit dans les flammes.

L'avion s'immobilisa devant le hangar. À peine les hélices se furent-elles arrêtées que Julien Costa sauta à terre et se dirigea vers les lumières du mess. Robert Rinaldi le suivit.

Tout en marchant à quelques pas derrière le pilote, il le regarda faire les gestes qu'il l'avait vu accomplir un millier de fois : resserrer son écharpe en soie blanche, tirer sur les revers de son blouson en cuir, lisser ses cheveux sur sa nuque, relever sur son front une paire de ces lunettes larges que plus personne ne portait depuis la fin de Dieu sait quelle guerre.

Le mécanicien avait toujours ri des tics de « son » pilote, même s'ils lui inspiraient parfois un certain agacement et des remarques ironiques qu'il regrettait aussitôt. Mais ce jour-là, les gestes rituels de Julien Costa ne lui arrachèrent pas l'ombre d'un sourire. À quoi diable jouait-il ? Rinaldi aurait été incapable de le dire.

Les deux hommes faisaient équipe depuis bientôt six ans et se connaissaient si bien qu'ils n'avaient pratiquement plus besoin de se parler pour se comprendre. Mais cet après-midi-là, il s'était passé quelque chose d'inquiétant. Le regard fixé sur la haute silhouette du pilote, qui s'apprêtait à entrer dans la baraque de planches, Rinaldi ne put s'empêcher de crier :

— Tu avais envie de nous faire prendre un bain ?

Sans se retourner, Costa lança :

— De quoi veux-tu parler ?

— De rien, mon vieux. De rien du tout. Mais il y a quelques arbres que tu as bien failli décapiter. Alors, la prochaine fois que tu veux piquer un somme, essaie d'être ailleurs que dans les airs.

Julien Costa s'arrêta net.

— Tu as eu peur, c'est ça ?

— Hé, ne te fâche pas ! Je t'assure que…

— C'est bon, coupa Costa. Amène-toi, je t'offre un verre.

— Il m'offre un verre, marmonna Rinaldi. N'empêche qu'on a bien failli boire le dernier tout à l'heure, dans les eaux du lac.

— Tu as quelque chose à ajouter ?

— Rien, mon vieux. Rien.

Costa fit brusquement volte-face et, une fois de plus, Rinaldi eut l'impression que le pilote répétait un rôle dont il n'était pas sûr. Son attitude, ses gestes, même sa voix étaient comme une mauvaise copie d'un vieux film. Cet acharnement à jouer les pionniers de l'Aéropostale, cette démarche de cow-boy… Un jour, il était Gary Cooper, le lendemain, Robert Mitchum. À quoi cela rimait-il ?

Et puis, il y avait eu ce malaise, tout à l'heure, aux commandes de l'avion. Rinaldi n'avait pas rêvé : pendant quelques fractions de seconde, il avait bien vu que Julien perdait le contrôle.

Il haussa les épaules. Après tout, Costa n'était ni son père ni son fils… Mais, bon sang, il était presque son frère !

— Allons prendre ce fameux verre, dit-il. Demain, il fera jour.

— Demain, reprit Julien, peut-être que ce satané feu sera enfin éteint. Peut-être qu'on pourra souffler un peu. Peut-être que je pourrai ôter ce sacré blouson, flanquer ces lunettes à la poubelle et dormir!

Il jeta un coup d'œil au mess.

— Tu crois qu'ils sont tous rentrés?

— Évidemment. Tu as bien vu que les zincs étaient là. Et si tu veux mon avis, ils y sont depuis un moment déjà.

— Alors… il faut les rejoindre?

Le mécanicien sentit la gêne de son pilote.

— À toi de voir. Si tu préfères, tu peux aller directement te coucher. Je leur dirai que tu es crevé et…

— …et quoi? cria Costa, furieux. Tu leur raconteras mes rase-mottes, hein? Tu leur avoueras que tu as cru que je plongeais dans ce fichu lac? Tu leur diras que tu étais mort de trouille et que tu voudrais changer d'équipier, c'est ça?

Costa se tut brusquement et se passa la main sur le visage, si longuement que Rinaldi crut qu'il allait se mettre à pleurer. « Pas ça, mon Dieu! pensa-t-il. Je ne le supporterais pas. »

Costa fit lentement glisser ses doigts et regarda son mécanicien.

Rinaldi soutint son regard incroyablement bleu, la gorge serrée, l'esprit soudain envahi par le souvenir de tous ces vols, de tous ces pays survolés ensemble…

— Ce verre, c'est vraiment toi qui le payes? fit-il enfin.

Un lent sourire se peignit sur le visage de Costa, puis il prit Rinaldi par l'épaule, et ils entrèrent dans la lumière orangée du mess.

Julien s'accouda au bar et posa le menton sur son poing fermé. Quelqu'un qu'il ne regarda pas poussa une bière devant lui.

— Alors, voilà le capitaine Costa de retour parmi nous ! Il faut croire qu'il n'y avait plus d'eau dans le lac, les gars !

— Arnaud ! Fiche-lui la paix, tu veux ? Tu vois bien qu'il est crevé. Combien de rotations, aujourd'hui ?

— Toutes les vingt minutes, répondit Rinaldi. Tu n'as qu'à faire le calcul.

— Est-ce que tu as eu le temps de voir que je te suivais de près, Costa ? reprit Arnaud. Qu'est-ce qui t'a pris, aujourd'hui ? Tu avais envie de sensations fortes ? Ou tu t'entraînes pour ta deuxième carrière : acrobate dans un cirque volant ? ajouta-t-il en ricanant.

Julien serra les poings, mais s'interdit de répliquer. S'il disait la vérité, c'en serait fini des avions et des nuages. Et s'il se laissait aller à la colère, il ne se montrerait pas plus intelligent qu'Arnaud. Il savait bien, d'ailleurs, que la rage qu'éveillaient en lui les attaques d'Arnaud n'était que superficielle.

Il contempla la surface mousseuse de sa bière encore intacte. Sacré Arnaud... Pauvre Arnaud, plutôt, rectifia-t-il en lui-même. Ils avaient déjà travaillé ensemble, quatre ans plus tôt, et s'étaient bien entendus. Mais lorsque Julien l'avait retrouvé pour cette mission au Pérou,

Arnaud avait changé. À quoi était-ce dû ? À son mariage, qu'il semblait ressentir comme un emprisonnement ? À la routine du travail ? Sans doute y avait-il un peu de tout ça, songea-t-il. Quoi qu'il en soit, avec le temps, Arnaud s'était aigri, et le jeune homme enthousiaste que Julien avait connu avait laissé la place à un homme amer et insatisfait.

— N'oublie pas les copains, vieux, lança soudain un homme à l'autre bout du comptoir.

Julien tourna les yeux vers le mécanicien d'Arnaud, un type qu'il connaissait à peine, mais dont il appréciait la bonhomie et le visage toujours souriant.

Du revers de la main, il fit glisser son verre jusqu'à l'autre bout du bar, où il s'arrêta net, au ras du vide. Un sifflement d'admiration salua cette prouesse.

— Fantastique !

Le mécanicien, un petit homme ventru, s'approcha.

— Mais comment fais-tu ça ?

Julien posa lentement les yeux sur lui.

— Comment t'appelles-tu, déjà ? Oh, après tout, je m'en moque ! On se ressemble, non ? Tu fais comme moi, comme les autres : tu t'engages de la même façon qu'on s'embauche chez nous à la saison des vendanges...

« Et après la saison, hein ? Qu'est-ce qu'il nous reste ? Une poignée de billets, rien d'autre. On signe un contrat, on quitte une femme, des gosses, et on arrive dans des endroits oubliés de Dieu pour piloter des épaves. Des bombardiers d'eau, ils appellent ça. Et si par malheur on se prend pour un héros, on a vite fait de devenir un malade. Un fou.

Il se redressa et balaya la salle du regard, comme pour prendre l'assistance à témoin.

— Parce qu'il faut être cinglé pour plonger vers ce lac et arroser des endroits dont nous ne connaissons rien. Est-ce qu'il y a seulement des habitants là-dessous ? Est-ce que vous avez vu des villages, sous les arbres ? Et si nous risquions nos vies pour quelques champs de tournesols, hein ? Vous avez pensé à ça ? Qui vous dit que...

— Costa !

Julien s'interrompit et regarda la main de son mécano, posée sur sa manche. Il se dégagea brutalement.

— Viens, Rinaldi. On est fatigués. On va se reposer, tu veux ?

— C'est ça. Allons nous reposer.

Rinaldi l'entraîna vers la porte. Mais en arrivant sur le seuil de la pièce, le pilote se détourna, fit face aux hommes qui le dévisageaient, et il eut de nouveau ce geste qui avait tant bouleversé son mécanicien, quelques instants plus tôt : il se passa la main sur le visage, comme pour en effacer toutes les fatigues du monde.

— Excusez-moi, les gars, marmonna-t-il.

2

Le sol du couloir de l'hôpital de *La Asunción* avait été peint d'un rouge si sombre, presque bordeaux, qu'Enrique Garrido se demandait à chaque pas pourquoi il n'avait pas arraché leurs pinceaux aux peintres pour les flanquer par la fenêtre. La peinture était si brillante qu'elle donnait le vertige. Tout dans l'hôpital avait été refait : les portes s'ouvraient et se refermaient dans un discret chuintement, les néons créaient une ambiance de sous-marin, les semelles des chaussures crissaient, comme montées sur des ressorts, et on finissait par se demander s'il y avait vraiment des malades derrière les portes capitonnées. Tout était parfait, aseptisé, déshumanisé.

Enrique enleva le stéthoscope qui pendait à son cou, le plia et le fourra dans sa poche. Il avait fini sa journée – enfin. Peut-être le soleil brillait-il encore dehors, qui sait ?

Il avançait vers le panneau lumineux de la sortie lorsque quelqu'un poussa la porte au fond du couloir. Comme dans un film au ralenti, il vit une mince silhouette venir vers lui, une jeune femme qui serrait des dossiers contre sa poitrine. Il remarqua la jupe ample et courte, les couleurs vives. Le tissu dansait autour d'une paire de longues jambes nues et dorées, du même or que les cheveux courts et bouclés. Ce ne fut que quand elle se retrouva à deux pas de lui qu'il reconnut Laura. C'était la première fois qu'il la voyait sans sa blouse blanche, montrant ses jambes, prenant plaisir aux mouvements de sa jupe multicolore.

Dès qu'elle le vit, son expression changea. En une seconde, elle parut sortir d'un rêve de bonheur, retrouva brusquement son sérieux et se figea. Enrique regarda ses mains fines, ses ongles soigneusement limés. Puis, un petit sourire aux lèvres, il laissa son regard s'attarder sur les épaules nues et le léger corsage retenu par deux minces brides. Avec une insolence qu'il ne chercha pas à cacher, il émit un sifflement étonné en voyant les pieds nus et les ongles vernis d'un rouge écarlate serrés dans de fragiles sandales aux talons plats.

— Laura ! Tu arrives ou tu pars ?

— Je pars. Et toi ? Terminé ?

— Terminé, oui. Je suis crevé, j'étouffe. Je meurs d'envie de quitter Lima, les malades, le boulot, tout.

Les mains dans les poches de sa blouse, il se planta au milieu du couloir.

— Tu sais de quoi on a l'air tous les deux, dans cette lumière glauque ? De grands malades. C'est à se demander comment ceux qui sont vraiment là pour être soignés ne dépriment pas complètement lorsqu'ils se regardent dans un miroir.

— Il n'y a pas de miroir dans les chambres.

Enrique se pencha et regarda Laura si près qu'elle sentit son souffle sur son visage. Elle détourna la tête et resserra les doigts sur ses dossiers.

— Il faut que j'y aille.

Il garda le silence un instant, puis reprit :

— Tu sais que tu es vraiment belle ? Je n'avais jamais vu une peau de cette couleur-là. Un vrai brugnon.

La jeune femme releva brusquement la tête. Ses yeux lançaient des éclairs.

— Tu te crois sur un marché aux bestiaux ? Tu veux que je te montre mes dents ?

— Je connais tes dents. Je connais ton sourire, même s'il est rare. Est-ce qu'il t'arrive de penser à autre chose qu'à ce fichu métier ?

Elle ouvrit grands ses yeux clairs, presque pâles, comme il reprenait :

— J'adore tes yeux.

Agacée par la tournure que prenait la conversation, Laura tenta de se frayer un chemin.

— Tu me laisses passer ?

— Laura… Il y a combien de temps que nous nous connaissons ? Trois ans ? Quatre ?

— Trois.

— Trois ans. Et tu sais que c'est la première fois que je te vois hors de ton cocon ?

— De mon quoi ?

— Ton cocon. D'habitude, tu restes emmaillotée dans des bandelettes comme l'homme invisible.

— Qu'est-ce que tu racontes ?

— Je te parle de ton grand uniforme blanc : bonnet, blouse, bas, chaussures. Quand tu n'as pas un masque sur ta jolie bouche !

Il tendit un doigt prudent et le passa sur le contour de ses lèvres soyeuses, si délicatement ourlées que cela l'émut. Il y avait là un reste d'enfance, et cette idée le mit presque mal à l'aise. Il abaissa sa main.

Laura le toisait. Visiblement, elle bouillait d'impatience.

— Tu as fini ? fit-elle.

— Oui, soupira-t-il, j'ai fini. Mais regarde-toi, bon sang ! Regarde tes jambes, tes hanches, tes seins ! Tu ne vois pas que tu me rends cinglé ?

Il se mit brusquement à crier :

— Laura, je veux que tu dînes avec moi ! Je veux que tu passes la nuit avec moi ! Ensuite, on réveillera un curé, on se mariera, et on ne remettra plus jamais les pieds ici ! Je me ferai planteur de bananes, de café, de roses, de pétunias… tout ce que tu voudras !

— Tu es fou ? Parle plus bas, on va t'entendre !

— Je m'en fiche ! Je veux que la terre entière sache que je t'aime. Tiens, tourne-toi.

— Quoi ?

— Tourne-toi.

Sans lui laisser le temps de réagir, il la fit pivoter comme une toupie. La jupe dansa, et il prit sa taille entre ses mains.

— La plus belle chute de reins de la planète !

Elle fit brusquement volte-face.

— Ça suffit, Enrique !

Il s'éloigna d'un pas. Les boucles courtes de la jeune femme flamboyaient sous la lumière artificielle comme un halo doré.

— Tu me pardonnes ? demanda-t-il en arborant une moue faussement dépitée. Allez, dis-moi que tu me pardonnes. Regarde comme je suis beau, charmant… En plus, je suis un médecin fantastique ! Tu veux que je me mette à genoux ?

Elle sourit malgré elle, et il fit mine de recommencer sa comédie. Mais ce fut d'un ton presque timide qu'il demanda finalement :

— Est-ce que je peux avoir un petit baiser ?

Elle s'approcha de lui, amusée, et posa brièvement ses lèvres sur sa joue.

— Voilà.

— Merci, Laura, merci ! J'ai droit à une dernière question ? Une toute petite.

— Vas-y.

— À quelle heure est-ce qu'on se marie ?

— Oh, Enrique…

— Ça ne nous prendra que quelques minutes : juste le temps d'acheter une cravate, et je suis à toi.

— Il va falloir que tu attendes un peu.

— Combien de temps ? Un jour ? Un an ? Dix ans ?

— Je dois partir au Lago de Plata.

— Où ça ?

— Je viens de te le dire. À la base de la Aire Catalina. Je dois revoir les dossiers des pilotes.

— Quand pars-tu ? Ce soir ?

— Demain matin.

— Et tu vas te retrouver là-bas toute seule au milieu de ces hommes qui vont t'implorer pour que tu les auscultes ? Laura !

— Eh oui, Enrique ! Profite de mon absence pour retrouver tes esprits – ou ce qu'il en reste.

Laura pivotait déjà vers la sortie quand il l'arrêta d'un geste.

— Tu...

— Oui ?

— Tu vas t'habiller comme ça pour aller là-bas ?

Elle éclata de rire.

— Non. Je vais m'emmailloter dans mon cocon, comme tu dis. Pourquoi ?

— Tant mieux. Je préfère qu'ils ne te voient pas dans cette tenue, dit Enrique. Et ce qui me plairait encore plus, c'est que tu ne montres ni tes jolies jambes, ni tes yeux, ni tes mains...

— Difficile, mais...

— Ni ta bouche.

— D'accord.

Il la laissa enfin partir, en lui envoyant un baiser du bout des doigts.

— À bientôt, beauté.

— À bientôt, don Juan.

— Dès que tu rentres, on dîne ensemble. Promis ?

— Promis, lança-t-elle, avant de pousser la porte.

Mais elle avait bien l'intention de ne jamais tenir sa promesse.

Lorsqu'ils retrouvèrent l'air de la nuit, une odeur de fumée ramena les deux hommes à la réalité de la journée qui venait de s'écouler.

Costa inspira profondément et, sur le ton de celui qui regarde le ciel en se demandant s'il n'aurait pas dû prendre son parapluie, déclara :

— Ça brûlera encore demain. Et on remettra ça.

Robert Rinaldi leva la tête pour regarder son compagnon. Il se demanda soudain s'il ne le détestait pas, s'ils ne vivaient pas ensemble comme un de ces vieux couples incapables de se séparer, mais incapables de se supporter. Il revit leur après-midi, se rappela le visage indifférent et figé de Costa, son beau profil lisse alors qu'ils plongeaient vers le lac, frôlant les arbres, rasant l'eau. Puis cet instant de flottement, ce brusque moment où le pilote avait été à deux doigts de perdre conscience. Cette peur qu'il effaçait en passant les mains sur son visage, comme pour chasser un mauvais rêve. À deux reprises, Rinaldi lui avait demandé : « Ça va ? » Et chaque fois, Julien Costa avait souri sans répondre. Ce silence même, l'absence des habituelles plaisanteries ne lui disaient rien qui vaille.

Il n'aimait pas non plus cette flambée de hargne que Julien avait eue alors qu'ils étaient au mess. Le pilote avait toujours témoigné du respect à ses compagnons, malgré le mépris à peine dissimulé qu'il avait pour leurs petites vies, leurs souvenirs sans cesse répétés.

Ils étaient réunis là depuis près d'un mois maintenant. Ils avaient tous signé le même contrat, « pour la durée des feux ». Ils ignoraient tout de ce pays qu'ils survolaient pourtant chaque jour. Le feu était leur frontière. Ils ne savaient rien des quelques villages éparpillés dans la vallée, qu'ils entrevoyaient à peine.

La fumée, les flammes, le danger les isolaient si bien du reste du monde que la terre, en bas, leur était parfaitement étrangère. Certes, ils distinguaient parfois de petites silhouettes debout sur les terrasses blanches, qui levaient les bras dans un geste amical. Mais ils passaient si vite qu'ils les voyaient à peine. Et c'était peut-être finalement cet isolement qui les unissait si profondément dans l'étroitesse de leur carlingue. Ciel, eau, terre bornaient leur univers et, malgré leur hargne et leur indifférence apparente, ils se savaient liés aux vies inconnues qu'ils essayaient de protéger.

— Costa ? demanda Rinaldi.

— Mmm ?

— Tu peux tout arrêter, si tu veux. Si tu en as vraiment assez, il suffit d'envoyer un fax à Delmas : il sera ravi de…

Julien baissa la tête vers son mécano et s'étonna une fois encore qu'il soit si petit.

— Tu te fais du souci pour moi ou quoi ?

Rinaldi eut un rire qui sonnait terriblement faux.

— Du souci pour toi ? Tu rigoles ! Pourquoi veux-tu que je me fasse du souci ?

Julien prit son mécano par le bras et l'entraîna vers les baraquements, mi-cases mi-paillotes, qui leur avaient été attribués. Ils n'étaient qu'à quelques centaines de mètres du Lago de Plata et tout près du terrain de terre battue où les trois Fokker attendaient. Le groupe électrogène émettait un ronronnement régulier et rassurant.

Pourtant, Rinaldi se sentait glacé. Il se remémora la descente trop rapide vers le lac, se rappela les moteurs qui s'emballaient, la prise d'eau et la remontée folle en direction du ciel… Ces vieux Fokker n'avaient plus l'âge de faire des acrobaties pareilles !

— Pourquoi prendre tous ces risques ? dit-il à voix basse.

— Quels risques ?

— Personne ne nous tire dessus, tu sais. Un feu est un feu, et ce n'est pas en plongeant dix fois plus vite vers le lac que tu gagneras dix mètres de terrain sur les flammes.

Encore une fois, Julien resserra son foulard et, encore une fois, le mécano eut l'impression angoissante qu'il tenait un rôle, qu'il avait dû se fourvoyer dans un reportage sur l'Aéropostale où il jouait les figurants en costume d'époque.

— Je ne prends aucun risque, déclara le pilote. Et tu le sais aussi bien que moi. Maintenant, si tu n'as pas d'autres questions, je vais me coucher. À moins que tu n'aies envie d'un dernier verre, ajouta-t-il avec son sourire désarmant. Si le frigo...

Ils achevèrent ensemble :

— ... n'est pas en panne !

Leur baraquement ressemblait à tous les baraquements de la base, si toutefois on pouvait appeler ainsi ces paillotes construites à la va-vite pour accueillir les pilotes. Mais l'intérieur était confortable. Les deux hommes s'installèrent dans les fauteuils en rotin agrémentés de coussins en cuir. Costa étendit nonchalamment ses longues jambes et posa le talon de ses bottes sur la table basse placée devant eux. Rinaldi le regarda un moment avant de lui annoncer prudemment, comme s'il marchait sur un serpent venimeux, qu'un médecin devait venir le lendemain pour une visite médicale de routine.

Costa reposa lentement ses jambes par terre.

— Un quoi?

— Pas un extraterrestre: un médecin.

Le pilote se leva tranquillement, en prenant soin de ne pas heurter son verre qu'il avait posé sur le sol.

— Un médecin? Et qu'est-ce qu'il nous veut? On a déjà passé une visite avant de venir ici, non?

— Il est normal que la compagnie veuille vérifier, tu ne crois pas? Et puis, c'est l'histoire d'un quart d'heure: elle va te tapoter la poitrine, prendre ta tension, te tirer un peu de sang, et tu seras libre comme l'air!

— Qu'est-ce que tu as dit?

— Qu'on en avait pour un quart d'heure à peine et qu'elle...

— Elle? Parce qu'on nous envoie une femme, par-dessus le marché! Binocles et bas blancs, je suppose?

— Tu ne voudrais tout de même pas qu'on nous expédie Sophie Marceau?

Julien se planta devant la porte moustiquaire. Un oiseau nocturne jeta un long cri, se tut, puis recommença. Rinaldi vit Julien frissonner.

— Tu sais à quelle heure elle doit arriver?

— Non. Un petit zinc de la compagnie doit venir la déposer. C'est tout ce que les gars m'ont dit.

— Et pourquoi est-ce que je suis le seul à ne pas avoir été averti?

Rinaldi ne pouvait pas voir Julien, mais il le connaissait assez pour savoir qu'il avait repris son air indifférent. Il aurait parié dix mille dollars que son ami allait passer ses doigts sur son visage – ce qu'il fit.

— Il y a un panneau d'affichage sur la porte du hangar. C'est écrit là, mon vieux. Nous sommes tous convoqués demain à 6 heures. À jeun, si possible.

— Je n'irai pas.

— Comment ça, tu n'iras pas ?

Sans répondre, Julien se détourna, se dirigea vers le réfrigérateur et en sortit une bouteille d'eau gazeuse qu'il décapsula d'un coup de dents. Rinaldi lui montra l'ouvre-bouteilles qui traînait sur la table.

— Arrête ton cinéma, tu veux ?

— Quel cinéma ?

— Ce personnage de héros rebelle que tu joues en permanence. Tu n'acceptes aucune contrainte, tu te crois libre. Tu veux que je te dise une bonne chose ?

— Ne te gêne pas : les distractions sont rares, par ici.

— Tu frimes. Tu joues un rôle. Je vais finir par me demander si tu n'as pas tout simplement la frousse…

Le mécano s'interrompit. Julien avait enfin cessé de scruter la nuit, cessé d'écouter cette maudite bestiole qui n'en finissait pas de pousser son cri.

— Vas-y, l'encouragea-t-il, vide ton sac. Qu'est-ce que tu voulais dire ?

Rinaldi avala péniblement sa salive. Si dur que ce soit, il devait aller au-delà de cette pitié malsaine qui détruisait leur amitié.

— Je vais demander mon changement, dit-il.

— Tu vas quoi ?

— Demander mon changement, répéta Rinaldi d'une voix plus ferme. J'en ai marre. Marre d'avoir peur de voler avec toi. Et puis, j'aimerais savoir une chose.

— Je t'écoute.

— Tu peux m'expliquer pourquoi la seule idée de voir ce médecin qu'on nous envoie demain te met dans un état pareil ?

Julien porta la bouteille d'eau à sa bouche, hésita un instant, puis la posa bruyamment sur la table. Le mécano croisa son regard et regretta soudain d'avoir abordé le problème aussi brutalement.

— Oublie ce que j'ai dit, vieux, reprit-il précipitamment.

— Tu es en train de me faire des excuses, ma parole !

— Eh bien…

Julien reprit sa bouteille, en coulant un regard méfiant vers son mécanicien.

— Et ce que tu me disais tout à l'heure, c'est vrai ?

— J'ai dit quelque chose, moi ?

— Que tu avais peur de voler avec moi.

— Mais non, il n'y a rien de vrai là-dedans, Julien. C'est la fatigue, voilà tout. N'y pense plus.

3

Laura éteignit la télévision. Le silence de l'appartement la rendit brusquement à sa solitude. Dehors, la nuit était tombée sur Lima. Quelque part dans l'immeuble, elle entendit une porte claquer, un enfant crier...

La sonnerie du téléphone retentit soudain. Elle décrocha aussitôt, en se demandant qui pouvait bien l'appeler à cette heure tardive.

— Allô !

— Bonsoir, Laura. Tu n'as pas regardé le film de ce soir, par hasard ?

Enrique ! La jeune femme réprima un soupir et s'apprêta à subir une fois de plus les assauts de son éternel soupirant.

— *Seuls les anges ont des ailes*, c'est ça ?

— Exact. Tu n'as pas trouvé que je ressemblais un peu à Cary Grant ?

— Rassure-toi, pas du tout.

— Tant mieux. Comme tu n'as aucun point commun avec Rita Hayworth, on a peut-être une chance, tous les deux ?

— Écoute, Enrique, il est tard, et je dois me lever très tôt demain matin pour...

— ...pour faire passer une visite médicale à tout un régiment de Cary Grant, je sais, coupa Enrique. Cette idée me rend malade de jalousie, Laura.

— Eh bien, tant pis !

Sur ces mots, elle raccrocha, excédée, et prit soin de débrancher aussitôt le téléphone. Si Enrique rappelait, la ligne serait occupée. Ses clowneries perpétuelles commençaient à l'agacer prodigieusement. Comme si, depuis qu'elle s'était séparée de son mari, elle était devenue allergique à la bonne humeur factice des Enrique Garrido de ce monde...

Victor, qu'elle avait épousé à la sortie de la fac de médecine, était fait sur le même modèle qu'Enrique : charmant et charmeur, toujours prêt à plaisanter, très à l'aise dans les réunions mondaines... réunions mondaines que Laura, elle, fuyait comme la peste. Oh, elle savait bien d'où lui venait son allergie pour les cocktails et les réceptions ! Comme beaucoup de traumatismes, songea-t-elle avec un petit rire qui résonna dans l'appartement silencieux, celui-ci prenait racine dans son enfance.

Elle se leva, alla boire un verre d'eau dans la cuisine, puis revint dans le salon pour éteindre la lumière. Comme elle tendait la main vers l'interrupteur, son regard tomba sur le pêle-mêle fixé au mur. Il y avait essentiellement des photos d'amis, mais aussi un cliché, petit, de ses parents jeunes. Sur une impulsion, elle ôta l'aimant qui retenait la photo et la prit pour l'observer de plus près. Ce cliché, elle l'avait joint aux autres surtout par acquit de conscience, mais d'ordinaire elle évitait soigneusement de le regarder. Penser à ses parents la rendait toujours amère.

À quand remontait sa dernière conversation avec sa mère ? Elle ne parvenait même pas à s'en souvenir… mais cela faisait au moins six mois, conclut-elle après s'être livrée à un rapide calcul. Ses parents ne lui pardonnaient pas d'avoir divorcé. Pour eux, Victor était le gendre rêvé : jeune avocat en plein essor, héritier d'une bonne famille de Lima, il avait tout pour leur plaire. Comme eux, il vivait dans un monde d'apparences, gravitait dans le même petit univers, côtoyait l'élite intellectuelle et sociale de la capitale. Mais Laura, elle, n'éprouvait aucun plaisir à fréquenter ces gens-là.

Sur la vieille photo qu'elle tenait à la main, sa mère arborait un sourire radieux, triomphant, le sourire d'une jeune fille qui, partie de rien, s'apprêtait à épouser un jeune homme prometteur, destiné à faire carrière dans la diplomatie. Laura soupira. Elle avait l'impression que, depuis toujours, ses parents étaient des étrangers pour elle. Son enfance et sa jeunesse s'étaient passées entre des nurses et des pensionnats pour jeunes filles, tandis que son père et sa mère se consacraient à leur réussite. Ses souvenirs de petite fille étaient donc gris et solitaires, illuminés seulement, de temps à autre, par un baiser de sa mère, le soir, avant que celle-ci ne se rende à une réception.

Laura secoua la tête et replaça la photo sur le pêle-mêle, la cachant encore un peu plus qu'avant sous un autre cliché, qui la représentait en compagnie de son amie Claudia. Claudia qui, avec le franc-parler qui la caractérisait, lui conseillait régulièrement d'aller voir un psy pour démêler ses problèmes avec ses parents. Mais cette idée ne tentait guère Laura. Qu'aurait-elle pu raconter de ses rapports avec son père et sa mère ? Leurs relations étaient tellement insignifiantes, tellement impersonnelles qu'elle en aurait fait le tour en une séance à peine…

— Vous savez, docteur, aurait-elle dit, mon histoire est simple : mes parents n'ont jamais éprouvé d'intérêt pour moi. J'en ai souffert, bien sûr, et je suppose qu'autrefois j'ai essayé de susciter leur amour, mais à présent cela m'est égal. J'en ai pris mon parti.

Et si le thérapeute la forçait à fouiller dans son passé, à chercher dans ses souvenirs le signe d'un quelconque intérêt de ses parents pour elle, elle aurait sorti son joker : son mariage.

— Oui, vous avez raison, aurait-elle répondu. Une fois, une seule, mes parents se sont intéressés à moi : le jour où je leur ai annoncé que j'allais me marier avec un jeune homme brillant, bien sous tout rapport, quelqu'un qu'ils ne pouvaient qu'apprécier. Ce jour-là, j'ai même cru qu'ils éprouvaient un peu d'affection pour moi. Alors, imaginez leur déception quand, deux ans plus tard, je leur ai appris que je voulais divorcer…

Laura pouvait aisément deviner l'analyse que le thérapeute aurait faite de sa situation. C'était tellement évident ! Elle s'était mariée avec Victor pour conquérir l'amour de ses parents, pour que, une fois dans sa vie, ils approuvent ce qu'elle faisait. Car, s'ils n'étaient pas avares de critiques, Laura ne se rappelait pas avoir jamais entendu un compliment franchir leurs lèvres. À vrai dire, ils désapprouvaient systématiquement les choix de leur fille. La pire crise avait éclaté quand Laura leur avait annoncé qu'elle désirait devenir médecin généraliste et se consacrer, autant que possible, à soigner les plus démunis... Pour ses parents, qui l'avaient imaginée en spécialiste réputée, accueillant de riches patients dans un luxueux cabinet, ç'avait été une amère désillusion.

— Voilà, docteur, aurait-elle dit au thérapeute. Comme vous pouvez le constater, mon principal but dans la vie est de décevoir mes parents. Mais comme ils m'ont tout autant déçue, je suppose que nous sommes à égalité.

Sur ces mots, elle aurait réglé sa séance et aurait quitté le cabinet du psy, sans rien avoir appris de nouveau sur elle-même, sans même éprouver le soulagement de s'être confiée à quelqu'un.

Ses problèmes, cela faisait longtemps qu'elle les avait analysés et démêlés. Elle avait fait son deuil de l'amour de ses parents, de l'amour de son mari. Elle était peut-être un peu amère, mais cette amertume était contrebalancée par un doux souvenir: celui de Rosa, sa vieille nounou aujourd'hui décédée, la seule personne qui l'avait jamais vraiment aimée, qui lui avait prodigué son affection inconditionnelle sans rien demander en retour. C'était Rosa qui lui avait appris l'histoire de son pays, qui l'avait initiée au folklore et aux rites légendaires issus de la culture inca. Et aujourd'hui, Laura remerciait le Ciel d'avoir au moins connu cet amour-là. Ce souvenir l'accompagnait chaque jour, et c'était lui qui, quand elle avait du vague à l'âme, la réconfortait. Si c'était la seule part d'amour à laquelle elle aurait jamais droit sur cette terre, eh bien, elle s'en contenterait.

Julien referma la porte du baraquement aussi doucement que s'il craignait de réveiller un enfant endormi.

Dehors, les collines rouges étaient d'une beauté fabuleuse. Les lueurs de l'incendie, au loin, sculptaient les crêtes, caressaient les sommets.

Il alla jusqu'aux trois Fokker 27, s'approcha d'un des appareils et posa la main sur le métal tiède. Il sentit sous sa paume la puissance de la machine et songea au sentiment de sécurité qu'il éprouvait quand il calait ses épaules contre le dossier du siège. Cette impression était indicible, irremplaçable. Pour rien au monde il n'y aurait renoncé.

Mais il y avait eu ce malaise, tout à l'heure...

Il s'adossa contre l'appareil. Il venait de se souvenir de la peur qu'il avait éprouvée cet après-midi-là et savait qu'il baptisait «peur» un vertige qu'il commençait à bien connaître. Pourtant, il avait travaillé sur d'autres feux, et à des cadences folles, mais jamais sa vigilance n'avait été prise en défaut, malgré la fatigue, le vent, la fumée, les turbulences, le soleil dans les yeux. Mais tout à l'heure, alors qu'il plongeait vers le lac pour y écoper ses six mille litres d'eau, le soleil s'était dédoublé, deux mains avaient comprimé ses tempes, et il avait bien failli perdre connaissance.

Il se demanda un instant s'il avait le droit de tricher ainsi avec le courage.

Mais c'était quoi, le courage? De l'orgueil? De la vanité? De la rage?

Dans la pénombre, il regarda ces avions, achetés à moindres frais sur le marché de l'occasion. Des machines vieillissantes qui donnaient de plus en plus de travail aux mécaniciens.

Puis il repensa à son numéro d'esbroufe au mess, un peu plus tôt. S'il n'avait pas craint le ridicule, il serait allé réveiller les pilotes un à un, pour leur dire qu'il avait menti, qu'en réalité il était comme eux, qui cachaient leur bravoure comme une chose honteuse et s'en excusaient presque.

Puis une autre préoccupation, lancinante, revint au premier plan : qu'allait-il raconter à ce médecin qui venait les voir le lendemain ?

4

Le lendemain matin, Laura se réveilla avant l'aube. Lima dormait encore lorsqu'elle s'habilla de son « cocon », comme l'avait appelé Enrique. Tout en buvant son café, elle jeta un coup d'œil à sa montre : plus que cinq minutes avant que n'arrive le taxi qu'elle avait commandé la veille. Elle termina rapidement son café, retourna dans la salle de bains pour se laver les dents, puis alla au salon prendre son sac à main. En passant à côté du guéridon où se trouvait le téléphone, elle se rappela qu'elle avait débranché l'appareil, la veille, après l'appel d'Enrique. Elle se baissa, le rebrancha et, en se relevant, remarqua que le voyant du répondeur clignotait.

Elle fronça les sourcils, puis mit en marche la lecture des messages. Qui pouvait bien l'avoir appelée à une heure si tardive ? Elle ne tarda pas à avoir la réponse. Dans le salon encore plongé dans la pénombre, la voix de son avocat s'éleva. Il s'excusait d'appeler si tard, mais il n'avait pu téléphoner avant, et il avait pensé que Laura aimerait connaître la nouvelle le plus tôt possible : son divorce avait enfin été prononcé, tout était réglé.

Laura ne sauta pas de joie, ne poussa pas de cri de triomphe. Elle se contenta d'éteindre le répondeur, puis alla calmement prendre son sac à main. Il y avait si longtemps, des années déjà, qu'elle avait décidé de divorcer qu'elle avait l'impression que son avocat parlait d'une autre cliente.

Un peu plus tard, pourtant, dans le taxi qui l'emmenait à l'aérodrome, elle se rappela les mots de son avocat – «Vous voilà redevenue une femme libre, Laura» – et sentit un poids invisible quitter ses épaules. La tête tournée vers la vitre, elle regarda le spectacle de la ville qui se réveillait, des premiers commerçants qui levaient leurs rideaux métalliques. Tout lui paraissait soudain plus neuf, plus frais, plus amusant. Oui, elle était libre, à présent. Libre de laisser son passé derrière elle.

Elle se demanda comment avait réagi Victor, lui qui avait tout fait pour freiner la procédure de divorce. Non qu'il tînt réellement à ce mariage : ce qui comptait pour lui, c'était sa réputation. Il voulait une jolie femme issue d'une bonne famille à ses côtés pour les réceptions et les dîners entre collègues. C'était un atout de prix quand on évoluait dans un monde où la valeur d'un homme tenait en grande partie à son apparence. En revanche, être un jeune avocat fraîchement divorcé était plus handicapant – si vous ratiez votre mariage, cela augurait mal de vos futures réussites professionnelles, du moins aux yeux de la bonne société.

Cela, Laura l'avait lu entre les lignes des discours de Victor, enrobé de protestations d'amour, puis de critiques à peine déguisées. Victor n'était pas pour autant un homme mauvais. Simplement, il n'était pas fait pour elle. Pourquoi diable ne l'avait-elle pas compris avant de l'épouser ?

À l'époque, se rappela-t-elle, elle venait de terminer ses études de médecine. Rosa était morte quelques mois plus tôt – elle n'avait donc pas su que Laura avait obtenu son diplôme. Alors, quand Victor avait commencé à lui faire la cour, la jeune fille ne l'avait pas repoussé. Et, peu à peu, elle s'était laissé conquérir. Sans doute avait-elle espéré que l'amour de Victor comblerait le vide qu'avait creusé en elle la disparition de Rosa. Car il l'avait aimée, Laura n'en doutait pas. À sa façon, du moins. Il lui avait accordé la troisième place dans sa vie, après lui-même et son ambition. Mais cela, Laura s'en était rendu compte trop tard.

Et peut-être aurait-elle pu se satisfaire de cette situation, si Victor lui avait permis d'être la femme qu'elle voulait devenir. Laura eut un sourire involontaire. Seigneur, elle se souvenait encore de sa réaction quand elle lui avait annoncé qu'elle voulait partir en mission en Afrique pour soigner les enfants !

Ils étaient en train de dîner, assis chacun à un bout de la longue table de la salle à manger, quand elle lui en avait parlé. Victor, d'ordinaire tellement maître de lui-même, en avait laissé tomber sa cuillère à soupe, et le potage s'était répandu sur le bois ciré de la table. Pendant une seconde, il l'avait regardée avec stupéfaction, les yeux écarquillés comme un personnage de dessin animé, jusqu'à ce qu'il recouvre suffisamment ses esprits pour reprendre la parole.

— Pardon? Tu as dit que tu voulais partir soigner les pauvres petits Africains, ou j'ai rêvé?

— Non, Victor, tu n'as pas rêvé.

Il avait reculé sa chaise, s'était levé et avait déclaré calmement, mais d'un ton sans réplique:

— C'est hors de question, tu m'entends? Je ne te laisserai pas faire ça.

Plus tard, lorsque Laura avait une nouvelle fois abordé le sujet, il avait ajouté que c'était dangereux, qu'il tenait trop à elle pour qu'elle aille se perdre dans des pays où régnaient le chaos et l'anarchie. Elle n'avait pas insisté: à l'époque, elle avait cru que son refus était dicté par son amour pour elle, et elle en avait été flattée. Puis, avec le temps, à mesure que se dissipait sa propre affection pour Victor, elle avait ouvert les yeux. Son mari avait besoin d'elle auprès de lui, mais pas au sens où elle l'aurait voulu. Il n'avait besoin d'elle qu'en tant qu'élément de sa réussite sociale et professionnelle.

Tandis que le taxi roulait dans les rues de Lima, Laura songea de nouveau à ce projet d'autrefois: partir en Afrique. Elle ne regrettait plus de ne pas y être allée. Au moment où elle avait émis cette idée, elle commençait à peine à exercer, et elle était encore sujette aux crises d'idéalisme propres à la jeunesse. Il lui avait fallu quelque temps pour se rendre compte qu'elle pouvait être utile ici, au Pérou, que des gens dans sa ville, à quelques pas d'elle, avaient besoin d'elle. C'était la raison pour laquelle elle ne travaillait qu'à mi-temps à l'hôpital: elle consacrait le reste de son temps au dispensaire, qui accueillait les plus démunis. Et peu lui importait d'être payée à coups de lance-pierres. Au moins, elle avait trouvé la véritable signification de son métier. C'était en soignant ces gens-là qu'elle donnait un sens à sa vie.

Voilà encore une chose que Victor n'avait pas comprise : ce besoin qu'elle avait d'aider les autres. C'était d'ailleurs au moment où elle avait accepté de travailler au dispensaire que leur mariage s'était franchement délité. Victor n'avait pas fait beaucoup d'efforts pour cacher le mépris que lui inspirait ce qui, pour lui, n'était qu'une lubie. Irritée d'être traitée en gamine capricieuse, fatiguée de ce mariage qui n'était plus qu'un simulacre, Laura avait en catimini loué un petit appartement dans un quartier beaucoup moins chic de la ville, puis, un jour, avait emballé toutes ses affaires et les y avait transportées. Elle était cependant revenue le soir, pour faire part à Victor de sa décision de divorcer.

Lorsqu'elle était arrivée, elle l'avait trouvé en smoking, en train d'ajuster son nœud papillon devant le miroir de l'entrée, qui faisait face à la porte.

— Ah, te voilà enfin ! s'était-il exclamé, sans même prendre la peine de se retourner. Va vite t'habiller, on est déjà en retard.

Mais Laura n'avait pas bougé.

— Je ne t'accompagne pas, Victor. Je ne t'accompagnerai plus à aucune réception, d'ailleurs.

Cette fois, il s'était retourné.

— Quoi ? Mais qu'est-ce que tu racontes ?

— Je m'en vais, Victor. Je te quitte. Tu recevras bientôt une lettre de mon avocat.

— Mais… mais tu ne peux pas partir comme ça, enfin! avait-il bredouillé en passant la main dans ses cheveux parfaitement peignés. J'ai besoin de toi, moi.

— C'est faux, Victor. Tu n'as pas besoin de moi, mais d'une potiche pour faire bonne figure devant tes associés. J'en ai plus qu'assez de cette comédie.

Sur ce, sans lui laisser le temps d'ajouter un mot, elle avait tourné les talons, abandonnant ses illusions et son envie d'être aimée derrière elle. Désormais, s'était-elle promis, elle se consacrerait à son travail. Elle accordait peu de crédit aux contes de fées et aux légendes, mais il lui fallait se rendre à l'évidence: lorsque les fées s'étaient penchées sur son berceau, elles lui avaient sans doute accordé quelques dons, mais la fée Carabosse avait dû arriver *in extremis* pour les arrêter et déclarer:

— Cette enfant aura l'intelligence et le talent de soigner les autres, mais jamais elle ne parviendra à se faire aimer.

C'était ainsi que Laura avait renoncé à l'amour.

Le petit appareil qui amenait Laura à la base de la Aire Catalina vira sur l'aile pour s'aligner face à la piste. Fin du voyage. Ils avaient survolé des montagnes pelées, des hectares de forêt calcinée. Quelque part au loin, une colonne de fumée épaisse déroulait ses torsades noires dans le ciel.

— *Fuego!*

Le pilote désignait l'incendie du doigt, mais Laura n'avait pas besoin de lui pour comprendre ce qui se passait là-bas.

L'appareil descendait maintenant dans l'alignement du terrain d'atterrissage, cahotait sur la terre rouge, s'immobilisait enfin dans un dernier soubresaut… Comme Laura débouclait son harnais, le pilote se tourna vers elle en souriant.

— Terminus !

Puis il ouvrit sa porte et sauta à terre.

Laura jeta un coup d'œil dehors. Une demi-douzaine d'hommes plantés en cercle sur la piste attendaient qu'elle descende. Elle pesta. On eût dit qu'ils s'étaient donné rendez-vous pour la regarder rater l'échelle étroite que lui installait le pilote et dégringoler dans la poussière. Elle regretta soudain de s'être affublée de son « cocon », d'avoir mis cette jupe serrée qui entravait ses mouvements. Elle se courba pour poser un pied dans l'encoche de l'aile de l'avion, saisir les rampes et tâtonner, du bout de sa chaussure, pour chercher le premier barreau de l'échelle.

Un concert de sifflements gouailleurs salua la manœuvre.

— Bravo !

— À gauche, le pied ! Plus à gauche !

— À droite, maintenant, à droite !

Une vraie clameur de collégiens chahuteurs. Laura posa enfin le pied sur la terre ferme, lissa ses vêtements et tendit la main pour attraper sa sacoche. Puis elle se tourna vers les baraquements.

Les cris se turent immédiatement. Une fois de plus, la jeune femme se demanda pourquoi les hommes se taisaient quand elle arrivait quelque part.

Mais le moment était mal choisi pour tenter d'analyser les réactions qu'elle provoquait chez la gent masculine. Déterminée à se montrer sous son jour le plus professionnel, elle passa la main dans ses cheveux courts, remonta ses lunettes sur son nez, puis s'avança vers son public avec un sourire tranquille. Les hommes, toujours muets, s'écartèrent pour la laisser passer.

5

Tout en marchant vers le baraquement qui faisait office de cabinet médical, Julien continuait à chercher une solution à son problème. Il avait dans la tête toutes les pièces du puzzle, mais il ne parvenait pas à les assembler. En quittant la France pour accepter ce poste au Pérou, il avait espéré semer ce dossier médical qui lui interdisait de piloter. Et voilà qu'il le rattrapait.

Comme ses collègues, et comme les mécaniciens, Julien venait de l'aéronavale. Pour ses anciens camarades, il était devenu un mercenaire. D'autres avaient opéré le même revirement avant lui : l'appât du gain était la raison qui poussait la plupart d'entre eux à signer des contrats. Parfois, bien sûr, c'était l'amitié, la volonté de ne pas rompre un équipage...

Julien avait signé pour une raison beaucoup plus simple : son dossier médical faisait de lui un exclu.

Rinaldi l'avait suivi, avec une fidélité touchante.

Est-ce que son mécano se doutait de quelque chose ? C'était plus que probable. Mais sa pudeur l'empêchait d'en parler. La veille encore, il s'était rétracté, après avoir tenté d'aborder le sujet. Et c'était peut-être cette pudeur qui poussait Julien à jouer ce rôle factice de pilote d'un autre âge, qui le forçait à adopter la tenue légendaire des pionniers de l'aviation : écharpe, blouson, larges lunettes… Par cette panoplie, il se rattachait à une lignée d'hommes qui n'avaient eu de présent, d'avenir que dans leur courage. Les incendies qu'il était payé pour combattre lui donnaient un alibi parfait.

Julien arrivait bon dernier pour la visite médicale. De loin, il vit les hommes rire dans le soleil du matin. La chaleur n'était pas encore trop pesante, et tout avait l'air propre et frais. Il ne put s'empêcher de sourire. Ces hommes jeunes, en pleine forme, cette terre rouge, ce baraquement, tout lui paraissait nouveau, et ce fut de bon cœur qu'il reçut les tapes amicales que ses compagnons lui donnèrent sur l'épaule lorsqu'il s'effaça pour les laisser sortir.

Avant de franchir le rideau qui avait été tendu pour séparer la pièce en deux, il arrêta Rinaldi, qui sortait un cigarillo de sa poche.

— Alors ? fit-il.

— Bien vu, capitaine. Binocles et bas blancs.

— Tu plaisantes ?

— Moi ? Pas du tout ! Tu avais oublié quelque chose, pourtant : elle est ravissante, et elle a des yeux comme des pervenches. Mais tu ferais mieux de te dépêcher. Tu es le dernier, et j'ai l'impression que, même en cas d'alerte atomique, cette fille-là ne se presserait pas plus que ça. N'oublie pas qu'on a du boulot et qu'on remet les gaz dans une demi-heure, ajouta Rinaldi avant de s'éloigner.

Julien souleva le rideau et pénétra dans le cabinet médical improvisé. Il ne savait pas qui avait procédé à l'agencement de la pièce, mais l'illusion était parfaite. Une table avait été tirée dans un angle; une autre, couverte d'un drap blanc, servait de table d'examen. Une autre encore accueillait un plateau, des tubes à essai, des seringues et un garrot.

Surpris par la pénombre, Julien cligna des yeux. Où était passée cette bonne sœur? Avec un peu de chance, elle était déjà repartie…

Mais non: il aurait entendu redémarrer le moteur du petit avion qui l'avait amenée. Alors, où se cachait-elle?

Il s'approcha de la première table. Les dossiers de ses camarades y étaient sagement empilés. Il allait tendre la main pour chercher le sien quand elle surgit soudain près de lui, telle une apparition. Il ne l'avait pas entendue approcher.

— Capitaine Costa, fit-elle en guise de salut. Je ne risque pas de me tromper: il ne manque que vous. Si vous voulez bien vous asseoir ici…

Laura avait observé le pilote de dos. Après tous les hommes qu'elle venait d'examiner, l'attitude de celui-ci l'avait frappée. Il émanait de lui une espèce de fierté animale, une souplesse orgueilleuse qui donnait à ses gestes quelque chose de fascinant.

Julien déplaça la chaise qu'elle lui désignait et prit place face à la table.

Lunettes, bas blancs… Il pencha légèrement la tête et regarda les souliers immaculés qu'il distinguait à peine sous la nappe.

— Mes pieds vous intéressent ?

Il se redressa brusquement.

— Pas du tout. Enfin… oui, beaucoup. Il est très rare de voir des chaussures blanches dans cette région où la terre est si rouge, et je me demandais comment vous faisiez. Voyez-vous, c'est un souci constant pour moi, comme pour mes compagnons, de maintenir une illusion de propreté, et je suis vraiment surpris de vous découvrir si…

Il hésita un instant avant de lâcher, narquois :

— …si virginale.

— Vous avez terminé ?

— Oui, madame.

— Docteur, corrigea sèchement Laura.

— J'ai terminé, docteur.

Laura croisa les doigts, serra les mains et leva les yeux vers lui. Rester professionnelle, surtout. Ne pas céder à cette envie de sourire.

Julien la détaillait avec une attention gourmande. Grandes lunettes. Grands yeux clairs – verts, peut-être, ou encore bleu-vert : rare, par ici. Jolie bouche. Cheveux… châtain clair. Ou blonds. Ou les deux. Joues ? Deux. Oreilles ? Bien. Corps ? Caché. Jambes ? Déjà vues : bas blancs. Pieds ? Petits.

Et sous les mains, mon vieux, qu'est-ce que tu vois ?

Rien. *Nada*. Pas de dossier. Ouf.

— Monsieur Costa… commença-t-elle.

— Capitaine Costa.

58

— Capitaine Costa, la Aire Catalina m'a confié les dossiers médicaux de vos compagnons, mais je n'ai aucune information à votre sujet. À part vos nom, poids et taille, votre fiche est rigoureusement vide, et je me demande comment vous avez pu obtenir ce contrat sans…

— …sans cette pièce essentielle ?

— Je ne plaisante pas, monsieur Costa. Au siège de la société, vous avez assuré que votre dossier suivait, et c'est sur la foi de cette promesse que vous avez été engagé, m'a-t-on dit. Si les incendies n'avaient pas éclaté si brutalement, il est probable que vous auriez dû subir de nouveau toute une série d'examens dès votre arrivée à Lima.

— Malheureusement, les incendies sont là, et je ne vois pas très bien ce que je peux y faire, docteur…

Il s'interrompit et lui jeta un coup d'œil interrogateur.

— Ortega. Laura Ortega.

— Docteur Ortega. Pourquoi êtes-vous habillée comme une nonne ?

— Pardon ?

Costa vit les chaussures blanches se croiser et disparaître de sa vue.

— Que voulez-vous dire, au juste ?

— Je me demandais simplement comment vous pouviez supporter, par cette chaleur, d'être enfermée de la tête aux pieds dans ces vêtements hermétiques.

Laura se raidit et répondit du tac au tac :

— Tout comme je pourrais me demander comment vous faites pour supporter ce blouson, cette écharpe… sans parler de ces lunettes ridicules qui pendent à votre cou. Comment se fait-il que vous ne portiez pas le col de mouton traditionnel ? Cela manque à votre panoplie, si vous voulez mon avis.

Costa se renversa sur sa chaise, allongea ses longues jambes devant lui et sourit. Comme le silence s'éternisait, la jeune femme ouvrit machinalement le mince classeur, puis le referma.

— D'accord, dit-elle enfin, je m'excuse. Essayez tout de même de comprendre que je ne suis pas venue ici pour m'amuser.

Costa la vit trembler légèrement comme elle reprenait :

— Je suis originaire de cette région. Année après année, je vois les incendies dévaster un pays où j'ai tous mes amis. Et si l'un des pilotes de la base ne présentait pas toutes les garanties voulues, il me serait impossible de l'accepter.

Julien ne répondit pas – il ne pouvait rien lui dire. Rien. Ou alors, c'en serait fini du ciel, de la conquête des nuages, de la brutale entente entre son appareil et lui. Il serait condamné à retrouver la pesanteur de son corps, à oublier la carlingue qui était comme une seconde ossature pour lui.

Pas question.

Il se redressa, joignit les mains sur ses genoux et regarda le Dr Ortega – une jolie femme, décidément, très jolie, même. Il fallait pourtant bien qu'il lui fournisse un semblant d'explication ! Il décida d'improviser, de jeter un demi-mensonge en pâture à sa curiosité.

— Enlevez ces satanées lunettes, ordonna-t-il brusquement.

Sans même s'accorder une seconde de réflexion, elle obéit. Elle le devinait si désespéré. Pis, si démuni qu'elle ne posa aucune question. Et lui, comme s'il ne voyait pas les yeux clairs de Laura, ni verts ni bleus, juste transparents et limpides, comme si leurs regards ne s'étaient pas croisés et presque reconnus, déclara tranquillement :

— Voilà. Je vais vous raconter l'histoire la plus bête que vous ayez jamais entendue.

Il avait baissé la tête et fixait ses longues mains, immobile. Laura examina le visage incliné, le nez fin, les lèvres minces cernées de deux petites rides, le menton barré d'une fossette… Est-ce qu'elle l'avait vu sourire ? À peine.

— J'étais tout jeune, commença-t-il, et je rêvais de nuages. J'avais plein d'images dans la tête, et des mots comme « courage », « exploit », « camaraderie » qui m'encombraient l'esprit. Alors que mes copains ne parlaient que de filles, de sorties, de balades, moi, je pensais au désert, aux héros de l'Aéropostale. On est un peu fou à dix-huit ans, vous savez. Et ma folie à moi, c'était d'être un héros.

Il s'était attendu à l'entendre rire mais, comme elle n'avait aucune réaction, il releva les yeux et se sentit presque gêné de voir qu'elle le fixait avec attention. Car Laura elle-même avait tant rêvé d'héroïsme qu'il lui semblait brusquement qu'elle se reconnaissait dans le discours de Julien.

— Mon écharpe date de cette époque-là, poursuivit-il. C'était un emblème, c'est devenu un fétiche ridicule.

— Pourquoi dites-vous cela ?

Le soleil montait dans le ciel et, dans le contre-jour, il ne voyait plus maintenant que sa silhouette, découpée sur le rectangle éblouissant de la fenêtre.

— Laissez-moi finir. Après, vous pourrez faire votre rapport.

— Mon rapport ?

Il eut un rire amer, et elle maudit cet orgueil imbécile qui le forçait à prendre parti contre elle alors qu'ils étaient du même bord.

— Capitaine Costa, l'heure tourne. Vous avez du travail et, moi, je dois repartir. Tout cela m'est extrêmement pénible. Je préférerais…

— …que je me taise, n'est-ce pas ? coupa-t-il.

Il se passa la main sur le visage, et ce geste, qui trahissait une lassitude extrême, effraya Laura. Quel désespoir voulait-il gommer ?

— Non, dit-elle, continuez.

— Titre du chapitre : « Où l'homme à l'écharpe, perdu dans un repli de la cordillère des Andes, se retrouve cerné par les flammes. » Ça vous plaît ?

Laura regardait le soleil monter. Elle entendit des appels. Dehors, un moteur s'était mis à tourner.

Elle faillit de nouveau rappeler à Julien qu'il était peut-être temps de partir, puis se souvint qu'elle était là pour établir un dossier médical et l'écouta poursuivre :

— J'étais jeune, je vous l'ai dit. Je rêvais d'avions, de risques, d'orages, de tornades, de conquêtes... et j'ai décidé de m'approcher de cet univers fabuleux, que je jugeais inaccessible à l'époque, en m'inscrivant au club de parachutisme du coin. J'étais leur plus jeune recrue, je me rappelle.

À l'esquisse de sourire au coin de ses lèvres, à la façon qu'il avait de la regarder, Laura soupçonna brusquement que Julien se moquait d'elle, qu'il l'avait appâtée en lui donnant l'impression qu'il allait lui faire des confidences, alors qu'en réalité il lui débitait une jolie fable destinée à l'attendrir. Espérait-il vraiment endormir sa conscience professionnelle, lui faire oublier qu'il pilotait en toute illégalité, avec un passé médical truffé d'obscurités ?

Une fois de plus, il se passa la main sur le visage. Et ce fut ce geste qui poussa Laura à l'écouter jusqu'au bout.

— J'ai donc fait mes premiers sauts, reprit-il. Et puis, comme toujours en ce qui me concerne, une fois la peur vaincue, la routine s'est installée. Elle s'est si bien installée qu'un beau jour – manque de chance, manque d'enthousiasme ? – je me suis mal reçu.

— C'est-à-dire ?

— Je suis tombé sur la tête. On m'a emmené à l'hôpital, on m'a fait des radios... Rien de méchant.

Laura remit ses lunettes, ouvrit le dossier et le referma, avant de le repousser devant elle sur la table. L'absence de radios n'était pas la moindre des bizarreries de l'« affaire Costa ».

— Comment ça, rien de méchant ?

— Je n'ai gardé aucune séquelle. J'ai passé mes brevets de pilote, j'ai volé pendant des années, j'ai navigué sur toutes les mers du globe…

— Vous étiez sur un porte-avions ?

— Je dois détenir le record des appontages sur le *Clemenceau*. Et puis, un jour, comme d'habitude, la routine s'est installée, et j'ai commencé à m'ennuyer. Quand j'en ai eu assez, je me suis engagé pour secourir vos compatriotes.

Il fit la moue en continuant :

— Voilà mon histoire, même si je n'ai pas le moindre papier qui puisse prouver ma bonne foi.

Laura se renversa contre le dossier de son siège avec un rire amer. Elle avait bien failli tomber dans le piège.

— Bravo, capitaine Costa ! Vous devriez faire du théâtre, vous savez. Vous êtes très doué. Je m'attendais à des aveux pathétiques qui m'auraient arraché des larmes. Je me disais que vous aviez une ou deux jambes de bois, que sais-je ? Je pensais que vous cachiez des infirmités qui étaient passées au travers de tout contrôle médical… Mais là, avec cette histoire de chute sur la tête, vous avez fait très fort ! Encore bravo !

Malgré ses accusations, il continua à l'observer tranquillement, avec une lueur ironique dans le regard qui acheva de la mettre en colère.

— Aucune séquelle, n'est-ce pas ? Vous tombez sur la tête, vous vous relevez, vous volez une dizaine d'années, vous démissionnez pour venir ici, et votre dossier disparaît. On est d'accord ?

— Tout à fait.

Laura se leva et ordonna :

— Déshabillez-vous.

Docile, il s'écarta du bureau improvisé et déboutonna sa chemise d'un air indifférent. Elle regarda son torse, ses muscles jouer lorsqu'il jeta sa chemise sur le dossier de sa chaise, et elle sursauta, comme au sortir d'un rêve, quand il demanda :

— Dois-je également enlever mon pantalon ?

— Pas la peine. Ôtez vos chaussures et allongez-vous.

Il lui sourit gentiment et s'exécuta.

— Vous ne m'avez pas l'air très équipée pour un examen sérieux, dit-il. Pas de radio, pas de labo…

— Je n'ai pas besoin de ça pour faire mon métier.

Elle posa les mains sur lui, palpa son foie, son ventre. Lorsqu'elle se pencha pour ausculter sa poitrine, il retint son souffle.

— Vous pouvez respirer, vous savez, fit-elle. Je vous préviendrai quand vous devrez cesser de le faire.

— Et si vous oubliez de me dire à quel moment je peux recommencer ?

— Je compte sur vous pour y penser.

— Ou alors je mourrai sur cette table, dit-il. Mourir sous vos mains… quel bonheur !

Ne pas sourire, surtout. Elle avait affaire à un homme qui, si séduisant soit-il, essayait de la manipuler. Pour quelle raison ? Elle l'ignorait, mais elle allait tout faire pour le découvrir.

— Veuillez vous asseoir, s'il vous plaît.

Julien se redressa et, aussitôt assis, baissa la tête avec un petit gémissement.

— Eh là! Qu'est-ce qui vous arrive? Un étourdissement? Vous voulez vous rallonger un instant?

Elle croisa son regard, et la crainte qu'elle lut dans ses yeux la surprit.

— Je vais prendre votre tension, déclara-t-elle.

Elle l'aida à se recoucher doucement, une main soutenant sa nuque, tout en se rendant compte, seconde après seconde, que le corps de cet homme lui devenait familier. Elle déboucla le brassard du tensiomètre.

— Tout va bien, conclut-elle après une minute. Est-ce qu'il vous arrive souvent d'avoir ce genre de malaise?

— Jamais. C'est le contact de vos mains, sans doute, qui m'a…

— Cessez de plaisanter, capitaine Costa.

— Je ne plaisante pas.

En plongeant son regard dans le sien, elle eut presque envie de le croire. Puis, un peu effrayée par le vertige qui s'emparait d'elle, elle rejoignit son bureau et fit une pile des dossiers qu'elle avait devant elle, négligeant d'y joindre celui de Julien.

— Je laisse le vôtre de côté, dit-elle.

Il se leva, la rejoignit et s'étonna de la trouver aussi grande.

— Et en plus, remarqua-t-il, vous êtes grande.

— En plus de quoi?

Ils se dévisagèrent en silence. Soudain, l'angoisse et la tension disparurent, comme s'ils

66

avaient jeté les masques pour se faire face en toute simplicité : un homme et une femme.

Laura se détourna la première et se dirigea vers la porte.

— Je peux vous raconter une petite histoire, moi aussi, avant de partir ?

— Allez-y, répondit Julien, qui avait entrepris de se rhabiller.

— Je suis allée me baigner un jour au Lago de Plata. J'ai passé une merveilleuse journée et…

— En bonne compagnie, j'espère.

Elle haussa les épaules.

— Peu importe. Mais savez-vous ce qui est arrivé à la fin de la journée ?

Costa eut un de ses rares sourires.

— Je meurs de curiosité.

— À la fin de cette merveilleuse journée, le soleil s'est couché. Voilà, conclut-elle. Nous sommes quittes, capitaine Costa. De quoi rester tous les deux sur notre faim. Nous sommes mardi, n'est-ce pas ? Je reviendrai jeudi, et nous ferons ces examens. Nous verrons bien alors pourquoi votre dossier est si… mince.

Elle passa la porte. Au soleil, contrastant avec la terre rouge de la piste, sa silhouette paraissait encore plus blanche, immaculée, éblouissante.

Elle fit quelques pas, tourna la tête. Ses courtes boucles flamboyèrent. Elle avait cru entendre crier son nom.

— C'est à moi que vous parlez ?

Julien était juste derrière elle. La gravité de son regard la surprit.

— À qui d'autre? rétorqua-t-il. Vous avez encore cinq minutes?

Elle acquiesça d'un signe de tête. Soudain, il eut envie de l'entraîner dans la pénombre de la pièce qu'ils venaient de quitter et de tout lui dire. Comme si, avec cette femme, il ne supportait pas de mentir.

— Si vous avez quelque chose d'autre à m'apprendre, dit-elle, je dois pouvoir m'arranger pour trouver cinq minutes supplémentaires.

— Merci. Tout à l'heure, je n'ai pas été très...

Rinaldi déboucha de la piste au galop. Il s'arrêta devant Julien et essuya ses mains noires de cambouis sur sa combinaison.

— On n'attend plus que toi, mon vieux! Qu'est-ce que tu fiches? C'est l'heure. On a déjà eu deux appels radio. Dépêche-toi, le temps presse!

— D'accord, j'arrive.

Le pilote se tourna vers la jeune femme.

— Docteur Ortega, je crois que nous allons devoir remettre la suite à plus tard. Vous avez prévu de revenir après-demain, n'est-ce pas? Essayez d'arriver le soir, j'aurai un peu plus de temps. Nous trouverons bien un coin pour que vous passiez la nuit ici.

— Pour... pour que je passe la nuit ici?

Mais Laura eut à peine le temps de s'étonner de cette proposition incongrue: Julien courait déjà vers son mécano, qui repartait au pas de course en direction du Fokker. Les deux autres équipages les attendaient pour se diriger vers leurs appareils.

— Ah, te voilà enfin, Costa! Tu peux te vanter de nous avoir fait poireauter!

— Qu'est-ce que tu fabriquais ? renchérit Hernandez.

Julien ne répondit pas. Il regardait le petit avion aux ailes rouges dans lequel Laura s'apprêtait à monter. Comme si elle avait senti le regard du pilote sur elle, elle se retourna et lui adressa un signe de la main qu'il se demanda comment interpréter.

Laura elle-même ne savait pas trop ce qu'elle cherchait à lui dire. Peut-être que sous son masque de professionnalisme, derrière sa façade de petite sœur des pauvres, il y avait autre chose – une femme, tout simplement.

Elle resta un instant immobile au soleil, puis se hissa sur le marchepied, et Julien se demanda si elle avait conscience que sa jupe se tendait sur ses cuisses. La dernière image qu'il emporta d'elle fut celle d'une main qui tirait à elle la porte de l'appareil. Le moteur ronfla et, à ce moment seulement, il se décida à rejoindre Rinaldi.

Arnaud aussi était là, avec sa mine des mauvais jours. Il attrapa Julien par le bras.

— Écoute, Costa, que tu fasses le joli cœur, d'accord, mais que tu mettes tout le monde en retard, alors là, non ! Franchement, tu ne crois pas que tu aurais intérêt à te faire tout petit, en ce moment ? N'oublie pas que tu as failli casser ton zinc, hier après-midi. Demande à Rinaldi ce qu'il en pense : il a cru qu'il allait y passer !

Rinaldi réagit aussitôt.

— Non, mais de quoi je me mêle ? Est-ce que je t'ai fait part de mes états d'âme, Arnaud ? Si tu avais quelque chose à dire, pourquoi ne pas l'avoir fait hier soir?

Sur ces mots, il se tourna vers son pilote. Julien avait suivi la scène sans un mouvement, sans même un battement de paupières.

— On y va, Costa?

Mais Julien ne bougea pas. Il promena le regard sur ses camarades et ne vit aucune amitié sur leurs visages. Cela lui fit plus mal encore que son malaise de la veille.

Arnaud poursuivait son offensive, en aboyant comme un roquet.

— Est-ce que tu as demandé à ce supertoubib pourquoi tu perdais les pédales? Pourquoi tu es en nage dès qu'on te parle d'écopage, pourquoi tu traînes de plus en plus la patte pour monter dans ton zinc? Ma parole, si ça continue, il va falloir te supplier de venir faire ton boulot!

— Arnaud!

Rinaldi s'était interposé, fort de toute la loyauté qui le liait à son pilote. Mais Julien eut brusquement envie qu'il se taise, qu'ils se taisent tous.

— Laisse tomber, dit-il. On y va.

Il entraîna son mécanicien par le bras. Rinaldi obtempéra en grommelant.

— Comment peux-tu supporter qu'il te parle sur ce ton-là?

Autant crever l'abcès tout de suite, songea Julien. Il savait qu'une fois à bord, ils n'auraient pas une minute de répit. Toute la journée, le feu allait monopoliser leur attention. Les flammes, l'approche du lac, l'écopage... Étourdis, épuisés, muets, ils ne reviendraient qu'à la nuit tombée, vers cette base tellement minuscule qu'ils n'arrivaient plus à se supporter.

— Arnaud a raison, lâcha Julien du bout des lèvres. Je n'avais pas à être en retard. D'ailleurs, cette fille ne m'a rien appris d'extraordinaire. Sauf peut-être que le soleil se couchera ce soir.

Rinaldi le regarda, abasourdi.

— Que le... Quoi ?

— Rien. Une idiotie. Mais ce que je sais, c'est que je vais tout lui raconter. Tant pis pour les conséquences.

— Comment ça, tout lui raconter ?

— Tu sais bien de quoi je parle, Robert.

Rinaldi parut catastrophé.

— Tu te rends compte de ce qui va se passer si tu fais ça ? Tu seras viré séance tenante. Et moi, qu'est-ce que je deviens, là-dedans ? Tu as pensé à moi ?

— Toi ?

« Bon Dieu, c'est vrai, songea Julien. Je n'ai pas pensé une seconde à lui. J'ai gommé six ans de sa vie comme on claque des doigts ! »

— Évidemment, j'ai pensé à toi. J'ai encore suffisamment de copains qui seraient bien contents de t'avoir comme mécanicien.

— Je n'en ai rien à faire, de tes copains ! Si tu plaques le boulot, moi aussi ! J'irai...

— Tu iras où ?

— Je n'en sais rien. Je n'en sais fichtrement rien.

Ils étaient arrivés à l'avion.

— Allez, grimpe ! dit Julien.

Rinaldi fit la grimace, mais il s'exécuta sans rien ajouter.

Les flammes n'avaient pas cédé d'un pouce, et ce fut avec une hargne mauvaise que Julien les matraqua, heure après heure.

Il abordait le petit lac avec la précision d'une mouette qui arrache un poisson à la mer, écopait, remontait, larguait sa précieuse charge d'eau. Il ne pensait qu'à son travail, regrettant par instants l'absence de routes qui interdisait l'utilisation de camions-citernes, oubliant qu'il n'y avait que trois appareils, plongeant, recommençant indéfiniment la même manœuvre. Pour la première fois de sa vie, il se réjouissait que le bruit des moteurs l'empêche de parler à son mécanicien.

Pour la première fois aussi, il songeait aux habitants de cette région inconnue, imaginait leurs visages, leur vie. Il n'avait même pas demandé à cette Laura Ortega dans quel coin elle habitait. Peut-être qu'elle le voyait passer en ce moment même, qu'elle l'entendait, qu'elle se demandait lequel des appareils était le sien. Peut-être comptait-elle sur lui pour sauver sa maison, son jardin, ses…

— Tu crois qu'elle a des poulets ? cria-t-il soudain.

Rinaldi grimaça et plaqua les mains sur ses écouteurs.

— Pas la peine de hurler comme ça. Qu'est-ce que c'est que cette histoire de poulets ?

Un grand rire heureux lui emplit les oreilles.

— Rien. Rien du tout. Cramponne-toi ! Un dernier passage, et on rentre. Je crois que, cette nuit, ils vont pouvoir dormir tranquilles, en bas.

Pas une seconde depuis qu'il avait pris les commandes de l'appareil il n'avait pensé à son malaise de la veille.

6

Le Cessna avait viré à l'ouest, tournant le dos à la zone des feux, aux pentes noircies hérissées de troncs calcinés.

Le front posé contre le hublot, les yeux presque fermés à cause du soleil qui montait, Laura revoyait Julien Costa, véritable acteur, cabotin et tricheur. Vraie nonchalance. Fausse gaieté. Tristesse déguisée. Vrai pilote. Faux héros.

Vrai problème. Que signifiait l'absence de son dossier ? Que cherchait-il à cacher ?

Les pilotes et les mécaniciens qu'elle avait examinés avant lui représentaient exactement ce qu'elle attendait de ce genre d'hommes : des types tranquilles, sérieux, qui accomplissaient leur mission, tout comme elle. Des gens qui faisaient leur métier.

Julien Costa aussi faisait le sien – mieux que les autres, peut-être –, mais pourquoi se cachait-il derrière cette espèce de déguisement d'un autre âge ? Pourquoi cette mélancolie, cette ironie désabusée ? Pourquoi ce désespoir ?

Le rendez-vous qu'il lui avait fixé pour le surlendemain ne plaisait guère à Laura. Il y avait là quelque chose de bien peu professionnel. Il le lui avait demandé presque comme une faveur, comme s'il avait des choses à lui confier – et elle l'avait accepté exactement de la même façon. Pourtant...

Laura regarda ses paumes et sentit une bouffée de chaleur l'envahir. C'étaient ces mains-là qui avaient touché le corps de Julien Costa, senti sa peau, palpé ses muscles... Elle était sûre qu'à cet instant, quelque part entre ciel et terre, dans un autre avion, le même souvenir accompagnait le capitaine Costa.

Elle s'étira. Non, Julien Costa n'était ni un héros ni un être désespéré. Ce n'était qu'un *bombero*, un pompier volant qui se défilait bêtement devant un examen médical et qui ne méritait sans doute pas tous ces « pourquoi ».

Quand le Cessna l'eut déposée, elle rejoignit sa Jeep. Il était encore si tôt, le soleil tiède était si agréable qu'elle décida de ne pas rentrer directement chez elle. Laura, d'habitude discrète et silencieuse, éprouvait brusquement le besoin de parler de Julien à quelqu'un.

Elle songea au rire de Claudia, à la brusquerie amicale de Juan et prit le chemin de leur petite maison. Ce serait bien le diable si elle ne trouvait pas en route un marchand de beignets, de ces *churros* dorés saupoudrés de sucre que Claudia adorait. « Nous ferons du café et je parlerai de lui », pensa-t-elle.

Dans tous ses « pourquoi » elle en avait oublié un : pourquoi voulait-elle tant parler de Julien ?

Laura adorait la maison de ses amis. On la voyait à peine de la route mais, au détour d'un dernier virage, les fleurs éclataient en couleurs éblouissantes, et on aurait juré que tous les oiseaux de la province s'étaient réfugiés là, chassés par l'incendie.

Étant donné l'heure encore matinale, elle s'était attendue à réveiller Juan et Claudia, mais elle les trouva en pleine effervescence. Leur vieux camion bâché était dans la cour, avec Juan au volant qui manœuvrait en pestant. Un fouillis de meubles, malles, caisses et boîtes en tout genre s'entassaient à l'arrière du véhicule et encombraient la terrasse. Quand Juan aperçut la Jeep dans le rétroviseur, son visage s'illumina. Il sauta à terre et claqua la portière.

— Eh, Claudia, viens voir un peu qui nous arrive ! Laura ! Comment vas-tu, ma belle ? J'espère que tu es en forme : tu vas nous aider à charger tout ce fatras !

— Mais qu'est-ce qui se passe ? demanda Laura en le regardant avec stupéfaction.

— Ce qui se passe ? Madame déménage ! Madame émigre ! Madame m'a demandé de sortir le camion pour embarquer toutes ses affaires. Il paraît que la région est devenue invivable, que les feux de forêt nous menacent…

Sur ces entrefaites, Claudia sortit de la maison, l'air furibond, ses cheveux abondants serrés dans un foulard, le panier du chat à la main.

— Ah ! Laura, tu tombes bien ! Je suis prête à partir. J'ai pris tous mes papiers, mes meubles… Je laisse les lapins, les fleurs, les poules, les oiseaux… Oh ! tu peux rire ! lança-t-elle à Juan.

Elle reporta son attention sur Laura et continua, intarissable :

— Monsieur se fiche de moi. Monsieur voudrait me faire croire que nous ne courons aucun
danger, que nous ne sommes pas survolés vingt
fois par jour par des fous qui essaient de nous
noyer sous des trombes d'eau, sous prétexte de
nous protéger des incendies qui sont à plus
de vingt kilomètres d'ici ! J'en ai assez, je m'en
vais. La maison est ouverte, et je crois même que
le café est resté sur le feu. Tu n'auras qu'à te ser-
vir. *Madre de Dios !* Jamais je n'aurais pensé qu'un
jour mon propre mari me laisserait partir seule
sur les routes ! Regarde-le donc : il se moque de
moi ! Entre, entre : tu vas voir ! Sa bière bien
fraîche est posée à côté de son fauteuil ! Et tu sais
ce qu'il m'a dit tout à l'heure ? Que c'était le
moment de creuser un grand trou, qu'avec tous
ces avions qui passaient en larguant leurs tonnes
d'eau, on aurait tout de suite une piscine
gratuite !

Assommée par ce déluge de récriminations,
Laura se laissa tomber dans un fauteuil et éclata
d'un rire si joyeux, si merveilleusement heureux
que les deux autres restèrent un moment inter-
dits.

— Et si tu libérais ce pauvre chat, Claudia ?
dit-elle. J'ai apporté des *churros*. Vous avez bien
un moment, non ?

— Certainement, fit Juan en gloussant. Il n'y
a pas le feu.

Claudia salua d'un regard noir cette plaisanterie douteuse. Puis, à petits pas, doucement, elle
alla ouvrir le panier du chat, à qui elle donna une

tape pour lui signifier qu'il était libre. Ensuite, elle rentra dans la maison, en ressortit peu après avec une cafetière et trois tasses, prit les *churros* encore chauds des mains de Laura et s'assit tranquillement auprès d'elle.

— Ça te fait rire, toi ?

Laura lui tendit sa tasse en souriant.

— Vous jouez à ça depuis combien de temps ?

— Depuis les informations d'hier soir.

— Allez, avoue-lui que tu n'as pas dormi de la nuit, intervint Juan, ironique.

— N'écoute pas cet imbécile, riposta Claudia. J'ai dormi… un peu. Mais ce matin, j'ai senti la fumée et j'ai décidé de m'en aller.

Laura but une gorgée de café brûlant.

— T'en aller où ? demanda-t-elle.

— Là où ça ne sentira plus la fumée. Là où ces espèces de fumerolles ne tomberont plus dans ma tasse.

Laura revit les avions, les pilotes, les mécaniciens qui se battaient pour ces deux-là.

— Et si vous aidiez plutôt les *bomberos* ?

— Comment ? À part laisser nos champs en pâture aux flammes, je ne vois pas trop ce qu'on pourrait faire.

Laura leva la main vers le ciel.

— Vue de là-haut, la vallée est comme une île entourée de verdure, dans une petite enclave de forêt. Et tout autour, il n'y a que des broussailles jaunies, sèches comme de l'amadou. À la moindre étincelle, le feu arrive ici.

— Mais il est encore tellement loin !

Claudia regarda la jeune femme d'un œil intrigué.

— D'ailleurs, depuis quand es-tu spécialiste en matière d'incendies ?

Laura posa sa tasse sur l'appui d'une fenêtre et se pencha vers ses amis pour leur proposer un plan : il fallait enrôler les voisins, rameuter tous les habitants de la vallée, aller jusqu'aux limites de la concession pour coucher toutes les herbes sèches, abattre les fourrés, creuser des contre-feux au besoin.

— Et si le vent tourne ? s'inquiéta Claudia.

— Alors, tu pourras remettre ton chat dans son panier, et on chargera tout dans le camion. C'est promis.

— Et toi, pendant ce temps-là, qu'est-ce que tu feras ?

— Je vais vous aider.

— Nous aider ? Dans cette tenue si...

Laura se souvint des paroles de Julien et prononça le mot que Claudia n'osait pas dire :

— ...virginale ?

Ce fut au tour de Claudia d'éclater de rire.

— Exactement ! Avec tes bas blancs et tes petites chaussures basses... Il est quelle heure, docteur Schweitzer ?

Mais elle avait beau plaisanter, l'idée de Laura, visiblement, ne lui déplaisait pas. Elle engloba d'un coup d'œil les caisses qui s'alignaient sur la terrasse et se leva d'un bond.

— D'accord. Je vais te donner un jean.

Une fois sur le seuil de la maison, elle se retourna vers son amie et lança :

— Et si nous ne mourons pas asphyxiés ou noyés sous le déluge des héros du ciel, tu me raconteras ta visite à la base des demi-dieux, d'accord ?

Laura acquiesça d'un sourire.

Juan partit chercher des pelles, des pioches, des machettes et des haches et, quelques minutes plus tard, tous trois s'affairaient à caler les outils entre les meubles qui s'empilaient à l'arrière du camion.

Laura avait l'impression qu'ils étaient en train de tourner un film comique : un canapé, une pelle, un fauteuil, une bêche. Claudia s'arrêta brusquement, l'air découragé.

— Ça me fait mal au cœur, dit-elle.

Juan se redressa et épongea son front d'un revers de manche.

— Qu'est-ce que tu préfères, finalement ? Fuir ou te battre ? Laura a raison : nous ne pouvons pas rester ici les bras croisés, en attendant que le feu nous atteigne !

— Mais on va tout abîmer, avec nos pioches ! Je sais qu'en ce moment, la vallée n'est pas très jolie, mais dès que les premières pluies arrivent, c'est un petit paradis...

— Il repoussera, ton paradis. Tu voudrais peut-être qu'on flambe avec lui ?

Claudia haussa les épaules, mais elle ne répondit pas. Ils poursuivirent leur tâche en silence, et peu après se hissèrent tous les trois dans la cabine du camion.

Laura s'assit, mit sa ceinture de sécurité, puis se pencha vers le pare-brise et leva les yeux. Dans le ciel, la ronde des Fokker, entamée depuis déjà plusieurs heures, continuait inlassablement.

La nuit était tombée lorsqu'ils revinrent, épuisés, fourbus, les mains gonflées d'ampoules. Cent fois, les avions étaient passés au-dessus de leurs têtes et, cent fois, Claudia s'était redressée en marmonnant que les pilotes avaient le beau rôle : eux, au moins, étaient assis.

En descendant du camion, ils avaient tout juste eu la force de s'écrouler dans les fauteuils qui les attendaient toujours sur la terrasse. Maintenant, une douche plus tard, un verre à la main, ils regardaient le ciel plein d'étoiles. La paix semblait avoir envahi le paysage autour d'eux. Disparus, les nuages de fumée. Disparues, les menaçantes lueurs rouges sur lesquelles se découpait la cime des arbres. Claudia eut vite fait d'en tirer des conclusions.

— On a gagné, non ? dit-elle.

Laura fit la grimace.

— Ici, peut-être. Mais de l'autre côté du lac ?

Juan lui proposa un autre verre, qu'elle refusa d'un « non, merci » fatigué. Durant toute la journée, elle avait pensé à Julien, avec l'idée absurde que ce combat commun contre le feu lui permettait de partager un peu de sa vie.

Juan se leva en s'étirant.

— Et si on allait au lit ? Je suis crevé, et vous devez l'être autant que moi.

Claudia s'apprêtait à quitter son fauteuil pour le suivre quand Laura posa la main sur son bras.

— S'il te plaît, reste encore un peu.

Juan leva les mains en signe de reddition.

— Ça va, j'ai compris. Bonne nuit, les filles. Essayez de ne pas bavarder toute la nuit !

Les deux femmes le regardèrent entrer dans la maison d'un pas lourd, puis Claudia se pencha vers son amie.

— Il y a quelque chose qui ne va pas ?

Laura eut un geste négligent.

— Tout va bien, au contraire... Oh, et puis non ! ajouta-t-elle.

Elle marqua une pause infime avant de poursuivre :

— Je t'ai dit que j'étais allée à la base de la Aire Catalina, ce matin ?

— Tu as bien dû me le dire vingt fois. Il fallait que tu fasses passer une visite de contrôle aux pilotes et aux mécanos. Et alors ?

— Alors, dans ma pile de dossiers, il y en avait un qui était bizarrement vide. Et quand ce type est arrivé...

— Ah, nous y voilà ! coupa Claudia.

— Qu'est-ce que tu veux dire ?

— Rien. Rien du tout. Quel âge as-tu, Laura ?

— Tu le sais très bien : le même que toi.

— Trente-deux ans. Je vais être brutale, mais pourquoi t'obstines-tu à te déguiser en bonne sœur ?

— En bonne sœur ! Tu dis ça parce que je suis habillée en blanc ? L'habitude de l'hôpital, sans doute.

— Et tu t'es fabriqué une armure. Tes lunettes, par exemple...

— Quoi, mes lunettes ? Je n'y vois pas à trente mètres ! J'en ai besoin, c'est tout.

— Tu aurais pu choisir des montures moins... Je ne sais pas. Plus modernes, peut-être. Ou alors mettre des lentilles...

Laura se leva brusquement.

— Laisse tomber, Claudia, fit-elle d'un ton sec. Je vais me coucher. Je dois repartir de bonne heure demain matin et...

— Une seconde. Ce pilote, qu'est-ce qu'il a de spécial ?

Laura se rassit de mauvaise grâce dans son fauteuil, en regrettant amèrement de s'être lancée dans ces confidences absurdes.

— Rien. Rien du tout.

— Vraiment ? Et si tu me répétais ça en me regardant bien en face ?

Elle se tourna vers Laura. La jeune femme avait remonté ses genoux, calé ses pieds nus sur le rebord du fauteuil et posé son front sur ses bras croisés.

— Tu t'endors ?

Laura releva la tête, et son amie eut un choc en voyant ses yeux clairs où dansaient des images qu'elle arrivait presque à déchiffrer. Images de liberté, limpides et fraîches, qui la lavaient des peurs, de la fatigue et des peines de cette journée. Elle regarda sa bouche si tendre et, avec un peu de honte, imagina les lèvres de cet homme dont Laura ne voulait rien dire.

— Il n'a rien de spécial, hein ? reprit-elle. C'est ce type si banal qui te rend aussi belle ?

Laura baissa la tête de nouveau, mais ce fut avec un sourire lumineux qu'elle dit à voix basse, si basse que Claudia l'entendit à peine :

— Je crois que nous nous ressemblons.

Claudia sourit gentiment.

— Ce sont des choses qui arrivent. Qui sait ? Peut-être ce type est-il ton frère jumeau, dont tes

84

parents t'ont toujours caché l'existence, ajouta-t-elle d'un ton léger.

— Je t'amuse, hein ? Ce que je voulais dire, c'est que j'ai eu l'impression que nous cherchions tous les deux à cacher quelque chose d'essentiel, comme pour nous protéger de je-ne-sais-quoi...

— ...d'un dossier médical trafiqué, par exemple.

Blessée, Laura murmura d'une voix triste :

— Je n'aurais jamais dû te parler de cela. J'avais besoin de raconter cette histoire à quelqu'un, de partager cette histoire avec toi, mais je vois que je me suis trompée.

Claudia posa la main sur son bras.

— Excuse-moi.

Laura regarda son amie une seconde, comme pour jauger sa sincérité, puis se décida à poursuivre :

— J'ai été... Comment dire ? Émue, touchée.

— Par quoi ?

— Par un vieux blouson en cuir, une écharpe anachronique, une façon ridicule de vivre en perpétuelle représentation...

— Et en dehors de sa ressemblance avec toi et de son besoin de se camoufler, qu'a-t-il de si particulier ?

De nouveau, Claudia vit le visage de Laura se détendre, retrouver une beauté sereine, heureuse, et l'entendit déclarer avec un sourire confiant, comme on reconnaît une évidence :

— Il est beau.

Trois mots, prononcés avec une tranquille certitude. Elle parlait de lui comme d'un être familier, sans étonnement, presque avec habitude.

— Il ne ressemble à personne, ajouta-t-elle.

— Tu es folle ! dit Claudia. Ou amoureuse. Ou encore les deux – ce qui ne serait pas plus mal.

— Qu'est-ce que tu racontes ?

Claudia contempla les longues jambes de son amie, ses hanches étroites, son buste long, son cou fragile, ses yeux en amande, de cette couleur indéfinissable qui rappelait les vagues.

— Que tu n'es pas fichue de sortir de tes bouquins, de ne plus penser à tes malades. Tu passes tes journées à courir de dispensaire en hôpital, et tu en oublies ta propre vie. Maintenant, tu as pris en charge cette bande de kamikazes, et que va-t-il se passer ? Rien. Ce type qui te touche et que tu trouves beau, tu retourneras peut-être l'examiner une fois, tu lui demanderas ses papiers – comme un flic –, puis tu repartiras.

— J'aurais dû garder tout ça pour moi, fit Laura en se redressant, meurtrie.

— Tu vis complètement isolée, poursuivit Claudia, comme si elle ne l'avait pas entendue. Tu n'as aucune vie privée depuis que tu t'es séparée de Victor.

— Qu'est-ce que tu en sais ?

— Ce que j'en sais ? Rien, finalement. Mais je me demande où tu trouverais le temps d'en avoir une… C'est vrai que tu restes plutôt discrète sur ce sujet-là. Alors, dis-moi, à quand remonte ta dernière aventure ? Quand un homme a-t-il posé les mains sur toi pour la dernière fois ?

— Ça ne te regarde pas, répliqua Laura, avant de s'enfermer dans un silence boudeur.

Claudia attendit un instant, puis, voyant que Laura ne se décidait pas à lui en dire plus, repartit à l'attaque.

— Allons, Laura... Ça fait combien de temps qu'on se connaît? Plus de dix ans, non? Et si je ne me trompe pas, je suis ta meilleure amie. Si tu ne te confies pas à ta meilleure amie, où allons-nous? s'exclama-t-elle d'un ton grandiloquent. Allez, petite Laura, raconte tout à tata Claudia...

À côté d'elle, un rire étouffé jaillit.

— C'est bon, j'avoue. Ça fait longtemps... très longtemps que je n'ai pas eu d'aventure.

— Et tu ne crois pas qu'il serait temps de remédier à cette situation? Franchement, au train où vont les choses, tu vas finir vieille fille!

Pas de réponse. Laura s'était de nouveau renfrognée. Mais Claudia ne se décourageait pas si facilement.

— Tiens, j'ai une idée! reprit-elle. Si je te prêtais une robe et des chaussures? Nous sommes de la même taille, non? Fais-toi belle, bon sang! On a l'impression que tu ne te regardes jamais dans une glace – ni dans les yeux de personne, d'ailleurs.

— Tu as décidé de me faire de la peine? rétorqua Laura. Je suis arrivée ici heureuse de pouvoir vous aider, heureuse de pouvoir parler... et toi, tu détruis tout!

Elle se leva et reprit:

— Je vais me coucher. Au cas où tu aurais besoin d'épancher ta bile, tu pourras toujours m'appeler à Lima, j'y serai demain matin. Et garde tes robes, elles te vont trop bien. Bonsoir.

— Laura, pardonne-moi, fit Claudia en se levant à son tour. Je voulais seulement...

Elle tendit une main vers son amie, mais Laura s'était déjà détournée et se dirigeait vers la porte d'entrée.

— Qu'est-ce que tu voulais faire, Claudia ? lança-t-elle. M'aider à trouver un nouveau camouflage ? Ne t'inquiète pas, je peux très bien faire ça toute seule.

7

Assis sur une chaise, le dos appuyé contre la façade des baraquements qui longeaient la piste, Costa ferma les yeux. La journée avait été difficile et, lorsque les équipages, épuisés, s'étaient retrouvés au sol, ils n'avaient pas échangé un mot.

Ils auraient pourtant dû se réjouir: leur travail avait l'air de payer: ils avaient survolé de sinistres collines noircies sans détecter de feu nulle part. Néanmoins, heure après heure, ils avaient continué à déverser leurs bombes d'eau. C'était sans doute parce qu'ils prenaient conscience de la fin du danger qu'ils se sentaient si las, dans un tel état de fatigue et de hargne.

Pas une seule fois au cours de la journée Julien n'avait pensé à la venue de Laura Ortega. Si toutefois elle venait! C'était ce soir qu'il lui avait proposé de revenir à la base – un rendez-vous qu'il lui avait donné comme on lance un défi.

Défi qu'elle ne relèverait sûrement pas.

Une fois, une seule, le souvenir de son visage s'était imposé à lui. Il s'était empressé de le chasser.

Soudain, il crut entendre le ronronnement d'un moteur. Mais non, c'était impossible, il devait rêver… Au moment où il rouvrait les yeux, il entendit Arnaud l'interpeller :

— Eh, Costa ! C'est pour toi qu'elle revient ?

— Pourquoi pas pour toi, Arnaud ?

— Ça m'étonnerait. Je ne crois pas lui avoir fait beaucoup d'effet. Tandis que toi, t'as des as, le roi de la voltige, le héros des airs…

— Ferme-la.

Julien en avait assez de cette ambiance de caserne. Il comprenait la mauvaise humeur, la fatigue, mais pas ces petites méchancetés gratuites dont on le harcelait.

— Compris, capitaine.

Arnaud mima un garde-à-vous goguenard, puis se dirigea vers le bar, où les autres s'étaient déjà rassemblés. Julien, agacé par son attitude méprisante, songea un instant à le rappeler pour avoir une discussion franche avec lui, mais il n'en eut pas le temps : le Cessna se présentait déjà en bout de piste, et il se leva.

Ce fut à ce moment qu'il eut un nouveau malaise. Il vit un brouillard rouge qui lui masquait le terrain, sentit un grand vide sonore se creuser dans sa tête. Il eut tout juste le temps de se dire qu'il allait perdre conscience et de chercher à tâtons l'appui du mur. Puis il ferma les yeux, se força à inspirer profondément. Ça allait passer. Il fallait que ça passe.

Les bourdonnements qui vibraient à ses tempes s'atténuèrent. En rouvrant les yeux, il vit le petit avion approcher. Il passa la main sur son visage, regarda ses doigts mouillés de sueur, déboutonna sa chemise…

Et ce fut vers un homme parfaitement détendu, l'image même de la nonchalance, que Laura se dirigea.

— Je vous attendais, dit-il.

— Je vois.

Elle retrouvait, comme autant d'éléments familiers, les traits affirmés de son visage, ses lèvres minces, les coins de ses yeux plissés de rides minuscules, et elle avait l'impression de revoir un vieil ami. «Nous nous ressemblons», avait-elle dit à Claudia. C'était vrai.

— Le voyage s'est bien passé?

Elle eut un sourire.

— Oui, merci. Cela m'a permis de constater que vous aviez fait du bon travail. L'appareil a survolé des collines où tout était noir. Je n'ai pas vu la moindre flammèche.

Julien hocha gravement la tête.

— Nous avons tué la bête. Pour l'instant. Encore quelques passages, et je pense que nous serons tranquilles jusqu'à la prochaine saison.

Laura resta un moment sans parler, immobile, gênée par le regard qu'il posait sur elle. La veille, elle avait eu du mal à expliquer à la Compagnie les raisons pour lesquelles elle voulait revenir ce soir à la base. Elle n'était d'ailleurs pas sûre d'avoir très bien réussi. Et maintenant qu'elle était là, c'était à elle-même qu'elle posait la question: qu'est-ce qui l'avait poussée à accepter le rendez-vous fixé par Julien?

Elle tourna la tête. Le petit appareil qui l'avait amenée virait à présent en bout de piste pour décoller face au vent. L'espace d'un instant, elle regretta presque de ne pas pouvoir le rattraper,

sauter à bord et rentrer chez elle, tout simplement, puis réclamer l'annulation du contrat du
señor Costa pour cause de dossier médical
incomplet, comme sa conscience professionnelle l'exigeait.

— Quand doit-on passer vous reprendre?
demanda Julien.

— Demain matin, à 8 heures.

Sans rien dire, il la prit par le coude, et elle sut
tout à coup, en le sentant si près d'elle, pourquoi
elle était là.

— Venez, allons boire quelque chose, reprit-
il. Vous connaissez déjà tout le monde, sauf le
radio, peut-être. Vous verrez: c'est un homme
incapable d'aligner trois mots quand il n'est pas
en train de manipuler ses boutons.

Il baissa la voix pour ajouter:

— Vous verrez aussi que l'atmosphère n'est
pas au beau fixe. Je crois que nous sommes
tous fatigués, sur les nerfs.

Laura acquiesça en silence et, pendant une
seconde, Julien éprouva l'envie désespérée de
poser la main sur sa nuque frêle, puis de laisser
ses doigts remonter pour caresser ses boucles
claires où les lumières du bar allumaient des
reflets.

À vrai dire, il aurait voulu rester là avec Laura
– ou, mieux, entraîner la jeune femme dans sa
chambre et se retrouver seul avec elle, en sécurité. Il redoutait d'entrer dans le bar. L'idée de
revoir les visages de ses compagnons, le reproche
qu'il croyait lire dans leurs yeux, l'emplissait d'appréhension.

Qu'aurait-il pu leur dire, à ces hommes si droits, qui n'avaient probablement jamais menti de leur vie ? Il connaissait leur honnêteté, le sérieux qu'ils mettaient à accomplir leur mission. Lui-même n'avait jamais pu se défaire d'un certain dilettantisme. En un sens, il se comportait toujours en amateur. Qu'il vole ou non, il était perpétuellement dans les nuages.

Ce n'était pas sans amertume qu'il pensait parfois au contrat qu'il avait signé. Il ne se sentait pas plus glorieux, pas plus méritant parce qu'il combattait ces incendies, luttant pour une cause qui ne le regardait pas. Il se battait contre le feu avec la même hargne indifférente que s'il avait lutté contre un dictateur, en sachant qu'à peine abattu, l'ennemi serait aussitôt remplacé. Le feu avait mille têtes qui renaissaient aussitôt tranchées.

C'était de tout cela qu'il aurait aimé parler à Laura. Il devinait qu'elle aurait su l'écouter, le comprendre.

En voyant entrer la jeune femme, Paco, le mécanicien d'Hernandez, eut un sifflement admiratif. Mais aucun des hommes ne fit l'effort de se lever, ni même de la saluer.

Laura sourit gentiment et s'approcha du bar, où elle s'accouda. Julien et elle étaient le point de mire de tous les regards. Et bizarrement, elle sentait autant d'admiration que de ressentiment dans ces yeux. Admiration pour elle, ressentiment pour l'homme qui se tenait à ses côtés. Julien, visiblement, était pour tous ses camarades une espèce de mystère, à la fois Dieu et Diable.

Il passa derrière le comptoir et posa devant elle une bouteille de whisky et deux verres.

— Ce soir, je fais le barman, déclara-t-il. Un whisky sec, ça vous convient ? Vous désirez autre chose ?

— Des glaçons, par exemple ? lança Laura. Pas la peine : l'atmosphère est suffisamment glaciale ici.

Elle avait parlé si fort que tout le monde l'avait entendue. Arnaud quitta sa table, s'approcha du bar et se percha sur un tabouret, si près de la jeune femme qu'elle sentit son souffle sur son visage quand il lui parla.

— Glaciale, peut-être pas, docteur. Nous sommes tous contents de vous voir. Mais n'est-ce pas une drôle d'heure pour une visite professionnelle ?

— Sûrement, si, répondit-elle sans se démonter.

— Alors, peut-on savoir pourquoi vous réquisitionnez un avion pour venir vous promener en pleine nuit dans ce trou ?

— Par amitié. Ça vous va ?

Elle se hissa à son tour sur un tabouret, croisa les jambes en tirant sagement sur sa jupe et jeta un coup d'œil à Julien : il suivait la scène avec intérêt, comme s'il se trouvait au cinéma, et arborait un air parfaitement détaché. Mais Laura n'était pas dupe. Qu'essayait-il de cacher derrière ce masque d'indifférence ? Que pouvait-il ressentir, lui contre qui ses camarades s'étaient manifestement ligués ?

— Par amitié pour certains d'entre nous, j'imagine ? reprit Arnaud, persifleur.

— Pourquoi êtes-vous si agressif ? demanda Laura.

Le ton calme de la jeune femme déconcerta le pilote.

— Je ne suis pas agressif, protesta-t-il. Un peu curieux, c'est tout.

— Et je suis votre seul motif de curiosité ?

Hernandez, docteur... grand et dégingandé, venait de s'accouder au bar.

— C'est tout simple, poursuivit-il. Après que vous nous avez passés en revue, l'autre jour, Paco... c'est lui, là-bas, ajouta-t-il en désignant son mécano du pouce, bref, Paco est allé dans le bureau qu'on vous avait installé pour la visite. Il voulait remettre un peu d'ordre, enlever le rideau, ranger les tables – on n'a personne ici pour s'occuper de ces choses-là – et...

Hernandez s'interrompit et fourragea dans sa tignasse avec une grimace embarrassée.

— Et ? fit Laura.

— Et... et il est tombé sur le dossier de Costa, que vous aviez laissé de côté. Voilà.

— Voilà quoi ? dit Laura.

Puisque, apparemment, il lui fallait prendre parti, elle décida de couvrir Julien. En une seconde, sans réfléchir, elle fit un choix qui remettait en cause tous ses principes.

— Eh bien, répondit Hernandez, les nôtres, de dossiers, sont épais comme des annuaires. Paco a été surpris de voir que celui de Costa était quasiment vide, et il m'a appelé pour me le montrer. Aucun rapport de médecin, pas de radios, pas d'analyses... Vous ne trouvez pas ça bizarre, vous ?

— Bizarre ?

— Vous n'imaginez pas les heures qu'on peut passer dans les services de médecine avant d'avoir le feu vert pour ce fichu contrat. Et Costa serait passé à travers les mailles du filet ?

— C'est vous qui le dites.

Julien écoutait cet échange sous des allures de patience amusée. En réalité, il se sentait comme un animal traqué, pris au piège. Si cette fille – si jolie, si touchante soit-elle – décidait de tout déballer...

Submergé par l'inquiétude, il l'entendit à peine lorsqu'elle reprit :

— Justement, le capitaine Costa s'est étonné, lui aussi, de cette absence de dossier. Je lui avais promis que je reviendrais si j'en retrouvais trace.

Julien baissa la tête pour cacher un sourire. « Elle ment comme une championne, pensa-t-il. Ou comme une ingénue. »

— Et vous n'avez rien trouvé ? demanda Arnaud, sceptique. Pas de points obscurs, pas de fraude, pas de passe-droits ?

En regardant Laura, Julien comprit, non sans surprise, qu'elle allait le soutenir jusqu'au bout. Pourquoi agissait-elle ainsi ? Pour lui ou pour le simple plaisir de prendre part à la bagarre ?

— Comment ça, des passe-droits ? s'étonna-t-elle. Pourquoi le capitaine Costa aurait-il voulu frauder ? Et avec la complicité de qui ? Vous savez, les médecins ne sont pas aussi corruptibles que vous semblez le penser, et un dossier médical ne disparaît pas comme ça, sur un coup de baguette magique !

Laura mettait toute son énergie à défendre Julien, mais elle sentait qu'elle n'allait pas pouvoir tenir encore très longtemps. Ces hommes avaient des soupçons et étaient manifestement décidés à découvrir la vérité. Ils s'étaient tous ligués contre Julien dans un élan de colère où elle croyait percevoir une espèce d'admiration déçue. Comme si, après l'avoir adoré comme un dieu, ils lui en voulaient de s'être montré trop humain.

Et pourquoi Julien ne disait-il rien ? Par son silence, il avait l'air de plaider coupable.

— On n'emploie pas à la légère des mots comme ceux-là, reprit-elle. Vous avez de bonnes raisons de lancer cette accusation ?

Arnaud prit son verre vide, hésita à se resservir, mais y renonça. Il regarda longuement Laura, jeta un coup d'œil en direction de Julien, puis, en fixant la rangée de bouteilles, il déclara :

— Il y a longtemps que je connais Costa, docteur. C'est un type bien, un pilote hors pair. Seulement, depuis quelque temps…

— Arrête, Arnaud, tu vas me faire rougir, lança soudain Julien.

Tous les regards se braquèrent sur lui. Ils avaient presque oublié qu'il était là, et c'était avec stupéfaction qu'ils retrouvaient le Julien qu'ils avaient connu autrefois : un homme charmeur, désinvolte, heureux de vivre, gouailleur.

Il contourna le bar pour s'avancer vers eux, avec cette nonchalance qu'ils adoraient tous, ce détachement amusé qu'ils ne lui connaissaient plus.

— Ça me touche que vous vous soyez fait du souci pour moi, les gars. Et je comprends que vous vous soyez inquiétés, après mes loopings de l'autre jour. Je ne voulais pas vous en parler, mais…

Il s'assit sur le coin d'une table et jaugea du regard son auditoire avant de lâcher :

— Ce jour-là, je traînais dans ma poche une lettre de ma femme, dans laquelle elle m'annonçait que mon fils avait eu un accident de vélo. J'étais complètement paniqué. Jamais je n'aurais dû voler ce matin-là, mais je ne voulais pas bouleverser le plan de vol, et… et voilà.

Il reçut une formidable claque dans le dos, qui faillit le flanquer par terre.

— Mais c'est fantastique, mon vieux ! Ça explique tout !

Hernandez multipliait les signes d'enthousiasme.

— Pourquoi ne pas nous avoir dit que tu avais une famille ? Tu nous énervais tellement, avec tes airs de grand solitaire ! On croyait que tu nous snobais, que tu voulais nous épater avec tes rase-mottes. Bon sang ! Mais il fallait nous en parler ! On t'aurait aidé. Nous aurions pu envoyer un fax, demander des nouvelles… Comment est-ce qu'il va, ton gosse ? Et ta famille, où est-ce qu'elle habite ?

— Mais… dans la banlieue de Lima. Ma femme et mon fils ont quitté la France pour me rejoindre durant le temps de ma mission ici. Ils vivent dans *Camino Frío*, une belle petite rue plantée d'arbres…

Julien continua à parler avec un naturel parfait, tandis que Laura se cramponnait à son verre
pour ne pas montrer son trouble. Devant ses yeux
dansaient les quelques lignes qui constituaient le
plus gros du dossier du pilote : « Situation de
famille : célibataire. »

8

— Eh bien, capitaine Costa, où est la vérité, dans tout ça ? demanda Laura, tout en refermant doucement la porte derrière elle.

Julien mit un doigt sur sa bouche pour lui faire signe de parler plus bas. Puis il désigna un fauteuil en rotin du menton, en prit un autre et s'assit face à elle.

Laura trouva le siège trop bas, trop incliné. Elle se redressa, remonta les genoux et croisa les bras sur sa poitrine.

— J'ai été désolée d'apprendre vos malheurs familiaux, dit-elle. Si vous m'en aviez parlé, j'aurais certainement pu vous apporter des nouvelles fraîches de Lima. *Camino Frío*, avez-vous dit ? Je connais bien, vous savez. Jamais je n'ai vu une rue plus désertique : aucun arbre, pas même un bac de fleurs. Vous avez de la chance qu'Hernandez n'ait jamais mis les pieds dans ce quartier.

Après ce petit discours, elle balaya du regard l'endroit où vivait Julien. C'était un décor à son image, qui ne laissait rien paraître de lui-même. La pièce dans laquelle ils se trouvaient était propre et spartiate, d'une simplicité biblique :

une table basse, trois fauteuils, un lit masqué d'une moustiquaire. Et soudain, la situation lui parut absurde.

— J'ai fait preuve de beaucoup de compréhension, vous ne trouvez pas ? reprit-elle sèchement. De plus, je me sens coupable, et c'est un sentiment que je n'aime pas beaucoup. Vous me devez des explications.

Julien, assis au bord de son fauteuil, se pencha en avant. Il ouvrit les mains, examina ses paumes avec attention, puis se décida enfin à regarder la jeune femme.

— Je vous dois surtout des remerciements, répondit-il. Vous savez très bien que je n'ai aucune famille. Pourquoi ne m'avez-vous pas dénoncé ? Je l'aurais parfaitement compris. En fait, j'aurais trouvé cela presque normal. Mais vous savez aussi que je devais trouver une explication à mes passages à vide. Arnaud ne m'a certainement pas cru : il me connaît trop bien, et depuis trop longtemps... Mais il a compris une chose, c'est que je voulais continuer à voler. À mes yeux, cela justifie tout. Même les mensonges.

Laura se leva, fit quelques pas et alla s'asseoir sur le lit. La moustiquaire relevée l'encadrait, telle la bordure d'un tableau.

Il se leva à son tour et se planta devant la fenêtre ouverte sur la nuit. Puis il demanda à voix basse :

— Mais vous, pourquoi avez-vous menti ? Rien ne vous y obligeait. Comme rien ne vous obligeait à venir ici ce soir.

— Rien, non, sinon que je ne supporte pas de ne pas savoir la vérité.

— Vous la connaissez déjà.

Elle eut un petit rire.

— Votre histoire de parachute ? Si je me souviens bien, vous m'avez dit qu'il n'y avait «rien de méchant». Les radios étaient normales, d'après vous.

— Sur le moment, elles l'étaient, en effet. Mais quelques années plus tard, elles avaient changé d'avis.

Laura hocha la tête. C'était donc là la clé du mystère Julien Costa, l'explication de ses malaises, la cause de son amertume : comme elle s'en était doutée depuis le début, il pilotait alors qu'il n'était pas en état de le faire.

— Quand ?

— L'année dernière. Je vous ai dit que je détenais le record du nombre d'appontages sur le *Clemenceau*, n'est-ce pas ? J'ai dû en faire quelques-uns de trop. Un jour, j'ai commencé à souffrir d'éblouissements, de vertiges…

— …de brèves périodes d'inconscience ?

— Exactement. Et c'est à ce moment-là que les radios ont montré un pincement cervical. On m'a demandé si j'avais des « irradiations orbitaires » – une expression barbare pour dire que je voyais trente-six mille soleils noirs. Je ne voulais pas arrêter de voler. Et comme le radiologue était un copain… Vous devinez la suite.

— Et où en êtes-vous, aujourd'hui ?

— Récemment, j'ai fait un sacré plongeon sur le Lago de Plata. Je le voyais lumineux, immense, profond, alors qu'en réalité, je fonçais sur un mouchoir de poche. J'ai bien failli entraîner Rinaldi avec moi.

— Il est au courant?

— Oui. Du moins, je crois qu'il s'en doute depuis le début.

— Il vous aime beaucoup.

Elle avait dit cela comme une évidence.

— Moi aussi, je l'aime, dit doucement Julien. Je l'aime comme un frère. Plus, même, puisque nous nous sommes choisis... Lorsqu'il m'a annoncé que nous allions passer une visite médicale, j'ai été heureux d'apprendre que le médecin était une femme. Je pensais que ce serait plus facile.

— Plus facile de... tricher?

— Exactement.

— Et maintenant, c'est toujours ce que vous pensez?

— Non, bien sûr. Je m'étais trompé: on ne peut pas tricher avec vous. Vous allez pouvoir ficeler votre rapport. De toute façon, nous allons remballer dans quelques jours. La situation est maîtrisée, et la saison des pluies nous remplacera avantageusement.

— Ce radiologue dont vous parliez tout à l'heure, il s'est contenté de faire disparaître vos radios? Ou bien est-il allé jusqu'à les remplacer par d'autres?

Julien se retourna brusquement vers elle.

— Je vous ai dit que c'était un copain, pas un escroc! Il a dû mettre mes radios à la poubelle, dire qu'il faudrait prendre d'autres clichés... que sais-je?

Laura enleva ses lunettes, souffla sur les verres et les essuya avec un coin de sa jupe. Puis elle les replaça sur son nez et considéra Julien avec un sourire désenchanté.

— Qu'est-ce que vous attendez de moi ? J'ai menti pour vous – Dieu sait pourquoi ! – et, si les gens de la Catalina me posent des questions demain matin, je serai bien obligée de continuer à le faire. Je raconterai que vos précieux examens sont en ordre, que, pour une raison quelconque, je les ai gardés avec moi, que votre superbe squelette m'était si cher que je l'ai fait encadrer pour le mettre au-dessus de mon lit...

Elle enleva ses lunettes encore une fois, les regarda comme si elles ne lui avaient jamais appartenu, les remit et conclut, découragée :

— Me voilà coincée ici. Franchement, est-ce que votre fichu mécano ne suffisait pas pour entendre vos confidences ?

Une fois encore, il ne répondit pas. Une bouffée de colère envahit Laura. Ce type était une forteresse de silence ! Il l'avait embarquée dans son histoire et, à présent, la laissait se débattre avec ses responsabilités.

— Je ne comprends pas bien, reprit-elle. Vous voulez continuer à voler ou non ? Quel rôle jouez-vous ? L'humilié ? L'offensé ? Le pauvre soldat vaincu ? Le petit para qui s'est emmêlé les pieds dans ses suspentes ? Tout ça après avoir fait le fier-à-bras devant vos camarades, en leur donnant du Gary Cooper à volonté, avec accent gouailleur et roulement d'épaules à la clé ! Vous voulez que je vous dise une chose ? Je vous préfère quand vous mentez ! De toute façon, en ce qui me concerne, je peux difficilement faire machine arrière. Il ne me reste plus qu'à passer la nuit ici.

Elle se leva, furieuse, et planta ses yeux droit dans les siens.

— Vous m'écoutez, au moins ? Où est-ce que vous allez me faire dormir ? Vous avez une chambre d'amis ? Ou bien faut-il que j'aille demander aux mécanos de me faire une petite place ou que j'aille me mettre à l'abri sous l'aile d'un de vos avions ?

Elle s'arrêta soudain. Sa colère n'était pas une vraie colère. Pas une seconde elle n'avait cessé de regarder le visage de Julien, et elle avait vu que chacun de ses mots portait. Maintenant, elle s'en voulait de l'avoir blessé.

Il n'eut pas un mouvement, pas un geste, quand elle vint près de lui, le rejoindre devant la fenêtre.

— Excusez-moi, je me suis emportée. J'y suis allée un peu fort, non ?

Il esquissa un sourire.

— Vous avez été très bien. C'est peut-être même pour que vous me fassiez ce numéro-là que je vous ai demandé de venir : pour m'enfoncer un peu plus. J'adore ça.

Laura secoua la tête. Elle ne supportait pas cette façon qu'il avait de se faire du mal, comme s'il se détestait.

— Taisez-vous, dit-elle dans un souffle.

Sans réfléchir, elle posa la main sur son bras. Il se retourna d'un seul mouvement, et elle se retrouva serrée dans ses bras puissants, le nez contre sa poitrine.

— Lâchez-moi.

— Vous n'êtes plus en colère ?

— Si. Lâchez-moi.

— Je vais le faire. Mais levez la tête une seconde, que je puisse voir si vous êtes réellement furieuse.

Elle s'exécuta, et il s'empara doucement de sa bouche, avec une lenteur toute de tendresse. Avec un soupir étouffé, elle s'abandonna aux caresses de ses lèvres. « Je vous préfère quand vous mentez », avait-elle dit. Mais n'était-il pas justement en train de lui offrir le plus doux, le plus délicieux des mensonges ?

Il s'écarta enfin, et elle fut presque désemparée de sentir ses bras se desserrer.

— Je me doutais bien que vous saviez aussi ronronner, dit-il.

— Je ne… Lâchez-moi.

— Vous en êtes sûre ? C'est ce que vous voulez ?

Elle garda un instant le silence, mais finit par avouer :

— Non.

Il la cueillit au creux de ses bras dans un élan, et elle se rattrapa à son cou en se blottissant contre lui. Elle ne voulait plus qu'il la lâche, plus jamais. Il était tout ce dont elle avait toujours rêvé, la force et la fêlure, la franchise et le mensonge, l'héroïsme et la lâcheté mêlés – et le courage, enfin, d'assumer jusqu'au bout toutes ses contradictions.

Elle quêta ses lèvres avidement, livrant sa bouche, sa langue à ses baisers. Ses bras puissants la tenaient serrée contre lui, et elle sentait contre ses seins les muscles durs de son torse.

Il ne fallait surtout pas qu'il la lâche, pas maintenant, sinon elle allait s'évanouir. La tête lui tournait comme si elle avait bu, et tout cela à cause d'un baiser...

Soudain, il abandonna ses lèvres, et elle faillit pousser un cri de protestation, comme une enfant à qui l'on retire son jouet préféré. Mais Julien ne s'écarta pas plus. Doucement, il tendit la main vers elle, ôta ses lunettes et les posa sur le rebord de la fenêtre. Sa carapace commençait à voler en éclats, et elle se sentit brusquement vulnérable, son visage nu levé vers le sien. Avec un petit soupir, elle enfouit son nez dans son épaule, comme pour se cacher, et huma le parfum de sa peau.

Son cœur battait la chamade. Était-ce l'appréhension ou le désir ? Elle n'aurait su le dire. Elle aurait voulu s'enfuir, s'éloigner de cet homme qui la troublait tant. Une petite voix en elle, la Laura raisonnable, lui soufflait de partir avant qu'il ne soit trop tard, avant qu'elle n'ait donné à cet inconnu le pouvoir de l'aimer et de la faire souffrir.

Mais elle savait qu'elle n'en ferait rien, que de toute façon elle lui appartenait déjà. Alors, autant vivre intensément chaque minute de cette nuit, savourer chaque caresse qu'il lui donnerait, car c'était sans doute tout ce qu'elle aurait jamais de lui.

Il passa un bras sous ses cuisses et la souleva prestement de terre. Quand il l'eut déposée sur le lit, elle chercha sa peau, déboutonna rapidement sa chemise, heureuse de voir apparaître sous ses doigts ce corps qu'elle avait l'impression de si bien connaître déjà.

Il s'écarta un peu d'elle, comme pour décourager tant d'empressement. Puis, en saisissant sa main dans la sienne, il demanda :

— Tu es sûre que c'est ce que tu veux ?

Laura plongea son regard dans le sien et hocha la tête.

— Oui, répondit-elle d'une voix ferme.

Alors, lentement, il défit à son tour les boutons qui fermaient son corsage, un à un, avant de dégager ses épaules, sur lesquelles il posa doucement ses lèvres.

Mais Laura referma ses mains sur sa nuque, en se pressant fiévreusement contre lui.

— Maintenant, murmura-t-elle.

Malgré son insistance, il se contenta de promener sa bouche sur sa peau, s'aventurant à la naissance de ses seins, où il s'attarda, comme à plaisir. Elle sentit sa main s'égarer entre ses jambes, mouler le galbe de ses cuisses, et l'envie brutale lui vint d'être nue dans ses bras, de plaquer sa peau contre la sienne, de jeter aux orties ce cocon qu'on lui avait tant reproché et d'offrir enfin tout ce qu'elle cachait d'elle-même sous cette tenue trop blanche, trop sage.

— Attends.

Elle bondit hors du lit et s'installa dans un des fauteuils. Là, elle ôta lentement son corsage, laissant apparaître un soutien-gorge en dentelle aussi blanc que le reste de sa tenue. Avec la même lenteur qu'il avait eue pour la caresser, elle descendit une bride le long de son épaule, puis l'autre, avant d'abaisser les deux globes de dentelle, livrant sa poitrine nue au regard étonné de cet homme qui la détaillait avec gourmandise.

Il s'assit au bord du lit et tendit la main vers elle, mais, avec un petit sourire narquois, elle secoua la tête. Elle voulait éveiller le désir de Julien comme aucune femme ne l'avait encore fait, elle voulait l'entendre la supplier de se donner à lui.

Tout en soutenant son regard, elle fit légèrement remonter sa jupe sur ses cuisses, laissa tomber ses chaussures sur le sol et commença à dérouler langoureusement un bas le long de sa jambe, puis l'autre. Face à elle, Julien restait parfaitement immobile, l'air impassible mais, dans le silence de la chambre, elle entendait le son de sa respiration oppressée. Il avait eu raison de l'empêcher de se précipiter, songea-t-elle. Malgré l'envie qu'elle avait de découvrir chaque parcelle de sa peau, elle savourait cet instant et le pouvoir qu'elle avait sur le désir de cet homme.

Avec un petit sourire, elle tendit le bras dans son dos, mais avant qu'elle ait pu descendre la fermeture Éclair de sa jupe, il était là, à genoux devant elle, ses longues mains posées sur ses cuisses nues. Elle réprima un petit cri de surprise, puis un frisson, car le simple contact de ses paumes brûlantes sur sa peau la faisait trembler.

Il prit ses mains, l'une après l'autre, et les déposa avec une tranquille assurance sur les accoudoirs du fauteuil. Laura ne protesta pas, ne fit pas un geste. À quoi bon ? Il n'était pas question entre eux de rapport de force. Le désir qui bouillait en eux était le même, les mettait à égalité.

Les mains de Julien étaient à présent dans son dos, descendaient sa fermeture Éclair, la soulevaient légèrement pour faire glisser sa jupe jusqu'en bas de ses jambes. L'espace d'une seconde, il s'immobilisa, et Laura suivit son regard surpris et émerveillé qui l'examinait de bas en haut, depuis les ongles vernis de ses orteils jusqu'à ses seins et son visage. Puis, d'un bras, il lui enlaça la taille pour la rapprocher du bord du fauteuil, tout en se penchant vers son ventre, dont il goûta la peau douce sous ses lèvres. En sentant ses doigts qui lui ôtaient sa culotte, Laura frémit de nouveau.

Elle se redressa, se pencha vers lui et attira son visage vers le sien, mais après un baiser, il la fit de nouveau basculer en arrière, d'une main douce mais ferme. Puis il lui écarta les cuisses et inclina la tête entre ses jambes. Cette fois, Laura se raidit et voulut protester.

— Chut, murmura-t-il. Détends-toi, laisse-toi faire...

Ses lèvres se posèrent dans sa toison dorée, et Laura eut un sursaut. De désir ? De peur ? Les deux mêlés, sans doute. Elle n'avait jamais apprécié cette caresse. Elle tenta de le lui dire, mais les mots moururent sur ses lèvres. La bouche de Julien était si douce, ses baisers à la fois si délicats et si affolants qu'elle était incapable de le repousser. Sa langue effleurait à présent son intimité, trouvait le point le plus sensible d'elle-même... Parcourue de frissons, elle plaqua les mains sur ses épaules, l'attirant encore plus près d'elle, comme si son corps, malgré les consignes contraires de son esprit, réclamait cette caresse et le plaisir qu'elle faisait naître en elle.

Les doigts de Julien, sa langue plongèrent en elle, revinrent plus haut, redescendirent, créant un tourbillon enivrant dans lequel elle n'avait d'autre choix que de se perdre. Alors, elle capitula totalement et, bientôt, une vague irrépressible de plaisir monta en elle, puis s'éparpilla en milliers d'étincelles incandescentes qui lui arrachèrent un long gémissement.

Julien leva les yeux à la dernière seconde et vit le beau visage crispé de Laura se détendre. La caresser ainsi, la goûter au plus intime d'elle-même l'avait empli d'une émotion encore inconnue. Bien sûr, il avait déjà prodigué cette caresse à ses maîtresses, mais jamais il n'en avait retiré de réel plaisir. Cette fois, pourtant... Eh bien, c'était différent.

Lentement, il souleva le corps alangui de Laura dans ses bras et la déposa sur le lit. Elle lui ouvrit les bras, mais il prit le temps de se dévêtir avant de la rejoindre. Sa chemise, son pantalon, son caleçon allèrent se perdre quelque part sur le sol de la chambre, rejoignant le déguisement virginal de Laura. Puis il s'étendit à côté d'elle et s'empara de sa bouche pour un baiser ardent, où leurs souffles haletants se mêlèrent.

Un gémissement rauque lui échappa lorsqu'il sentit la main de Laura sur son sexe dur. Après quelques caresses torturantes, il repoussa sa main. Si elle continuait ainsi, il risquait de ne plus pouvoir se maîtriser.

Sa petite main emprisonnée dans la sienne, il quêta son regard et y lut l'invitation qu'il espérait. Alors, il roula sur elle, s'immisça entre ses jambes écartées et la pénétra, tout doucement, presque timidement, comme s'il craignait d'abîmer une image sacrée. Mais Laura se souleva légèrement, ses hanches vinrent à sa rencontre, et il plongea entièrement en elle. Puis, pendant un instant, il s'immobilisa, écoutant leurs cœurs qui battaient au même rythme, jusqu'à ce que Laura se mette à onduler sous lui. Il suivit son mouvement, allant et venant en elle comme elle le désirait et, quand la jouissance les emporta, il entendit son cri répondre au sien.

Laura se réveilla avant le lever du jour. Combien de temps avait-elle dormi ? Sûrement pas plus de deux ou trois heures. Les draps froissés du lit étaient là pour témoigner des étreintes qui avaient jalonné cette nuit magique, nuit de tendresse et de passion, de calme et de fureur.

Elle tourna la tête et observa les contours du visage de Julien. Il dormait encore. Dans la pénombre, elle sourit. Elle ne savait pas s'il y aurait d'autres nuits comme celle-ci. Elle l'espérait, certes... Mais ils ne s'étaient rien promis, avaient à peine parlé. Ils n'avaient pris aucune décision, si ce n'est que la situation médicale du pilote serait considérée comme étant provisoirement en règle pour les quelques jours qui restaient avant la fin de sa mission. Ils n'avaient pas parlé d'eux, n'avaient fait aucun projet.

Aussi préférait-elle ne pas songer à l'avenir et profiter encore un instant de la présence à ses côtés de l'homme qu'elle aimait. Car, oui, elle l'aimait. À vrai dire, elle avait dû tomber amoureuse de lui à la seconde où elle avait vu cet homme beau et torturé dans le baraquement qui lui servait provisoirement de cabinet médical.

Et lui, l'aimait-il ? Il lui semblait l'avoir entendu lui chuchoter des mots d'amour alors qu'elle sombrait à demi dans le sommeil, quelques heures plus tôt, mais qui sait si elle n'avait pas rêvé ? Cette fois encore, l'amour ne serait-il qu'un rêve, une chimère qu'elle poursuivrait comme elle l'avait fait avec ses parents et avec Victor ?

Dans un sursaut d'angoisse, elle faillit le réveiller pour s'assurer qu'il était bien vivant, pour lui demander si cet amour était réel, mais elle y renonça. Au plus profond d'elle-même, elle connaissait la vérité : l'amour était là, entre eux.

Avec mille précautions, elle ôta le bras qu'il avait posé autour d'elle, comme pour la garder prisonnière. Puis elle s'immobilisa et retint son souffle, l'oreille aux aguets. Il marmonna quelque chose, remua, mais ne se réveilla pas.

Après un dernier regard, Laura quitta le lit et se rendit dans la salle de bains. Là, elle se regarda brièvement dans le miroir et y vit son visage, celui d'une femme étonnée de ressembler encore à celle qu'elle était la veille. Pourtant, ce visage-là était comme lavé, lissé et, pour la première fois de sa vie, elle fut fière de sa beauté.

Après s'être lavé le visage et les dents, elle retourna dans la chambre et chercha ses vêtements. En les voyant qui gisaient autour du fauteuil, la scène de la veille lui revint à l'esprit, et elle se sentit rougir. Seigneur, elle lui avait fait un vrai strip-tease ! Jamais auparavant elle ne s'était montrée si audacieuse.

Elle se rhabilla sans bruit. Au moment où elle remettait ses lunettes, elle entendit le moteur du Cessna. Le petit avion était là pour la ramener à Lima. Elle enroula l'écharpe blanche de Julien autour de son cou, sortit du baraquement et se dirigea vers la piste. À cette heure matinale, il faisait presque froid.

Elle resserra les pans de l'écharpe et passa sa langue sur ses lèvres meurtries. Tout son corps se souvenait de cette nuit. Elle se sentait lasse, épuisée, comme si elle avait marché pendant des heures. Elle jeta un coup d'œil derrière elle, vers la chambre où Julien dormait. Quand le reverrait-elle ? Le reverrait-elle même un jour ?

En montant dans le petit appareil, elle toucha machinalement l'écharpe. Les mots de Julien lui revinrent en mémoire: «C'était un emblème, c'est devenu un fétiche ridicule.» Mais lorsque le Cessna s'éleva au-dessus de la piste, elle posa ses lèvres sur le tissu blanc et songea avec amusement que cette écharpe était déjà pour elle une précieuse relique.

Julien se leva aussitôt après le départ de Laura. En fait, il avait à peine dormi. Il avait passé son temps à écouter la respiration régulière de Laura et à savourer le contact de son corps tiède contre le sien. À la lueur du jour, cela paraissait un peu ridicule – être heureux

115

simplement parce qu'une femme respire à côté de vous! –, mais après tout, avec Laura, il allait de découverte en découverte. Qui sait s'il n'allait pas se mettre à écrire des poèmes d'amour, maintenant? Cette pensée le fit sourire. Il se sentait tellement léger quand elle était là… Jamais il n'avait éprouvé cela, même au début de son histoire avec Sandra.

Hélas! quand l'aube s'était levée, la réalité avait repris ses droits. Lorsque Laura avait quitté le lit, il avait fait semblant de dormir encore, alors qu'il était réveillé depuis déjà bien longtemps.

L'expérience lui avait enseigné que les matins qui suivaient les nuits d'amour étaient toujours délicats. Non qu'il considérât Laura comme une conquête de passage – loin de là. Les mots tendres qu'il lui avait murmurés alors que le sommeil emportait la jeune femme étaient sincères. Mais c'était justement cela qui compliquait la situation. Avec une autre, il aurait rapidement mis les choses au point – ç'avait été merveilleux, mais il ne tenait pas à s'engager, il n'était pas prêt à vivre une histoire sérieuse… Il connaissait ce genre de discours par cœur. Cependant, avec Laura, il aurait été incapable de prononcer le premier mot de son baratin habituel.

Alors, il avait préféré feindre le sommeil, plutôt que d'avoir à l'affronter et à lui dire que oui, il l'aimait, mais qu'il ne pouvait rien lui promettre. Car son avenir, pour l'instant, était semblable aux taches noires qui s'imprimaient sur sa rétine durant ces moments de flottement où il perdait brièvement connaissance.

Ce matin-là, Julien fut le dernier à arriver auprès des Fokker. Les hommes embarquaient déjà. Il rejoignait Rinaldi quand Arnaud lui barra la route.

— Alors, tu as passé une bonne nuit, vieux ? Pas eu trop chaud ? Et notre petite doctoresse, comment va-t-elle ? Elle t'a fait subir un examen approfondi ? ajouta-t-il en riant de sa propre plaisanterie.

— Fiche-moi la paix, d'accord ?

— Oh, je vois qu'on est susceptible, ce matin ! Qu'est-ce que tu nous as préparé pour aujourd'hui ? Un double looping sans filet ? Mais dis-moi... tu es tout nu !

— Quoi ?

— Tu as oublié ton écharpe ! Comment vas-tu faire sans ton porte-bonheur ? Regardez, les gars, notre Mermoz a perdu une partie de son déguisement !

Julien tenta de contourner Arnaud. Mais, d'un pas de côté, l'autre se remit en travers de son chemin.

— Attends une minute. J'aimerais savoir une chose : est-ce que tes histoires de dossier bidon se sont réglées sur l'oreiller ? Parce que si c'est le cas...

Julien vit rouge, et le coup de poing partit sans même qu'il s'en rende compte. Un direct bien assené, qu'Arnaud encaissa en pleine mâchoire. Le pilote bascula en arrière, se rattrapa de justesse et retrouva son équilibre *in extremis*. Les yeux fixés sur Julien, il se massa le menton, l'air incrédule.

Hernandez arriva à grands pas et s'interposa entre les deux hommes.

— Ça suffit, Arnaud. Tu n'es pas chargé de faire la morale. Nous ne sommes pas dans un couvent, et le règlement...

Arnaud fit mine de cracher par terre.

— Le règlement ! Il n'y a aucun règlement, ici, aucune interdiction. Même pas celle de laisser voler des pilotes qui n'en ont plus les moyens.

Julien pâlit.

— De quoi veux-tu parler ?

— À ton avis ? De tes histoires de môme accidenté. Tu nous as bien eus, hein ?

— Qui t'a dit...

— Personne, vieux, personne. Mais tu sais ce que c'est : il fait chaud, on boit un peu, et on parle de choses et d'autres. De *Camino Frío*, par exemple, de pauvres couples divorcés, d'accidents de vélo... de tous ces trucs qui servent à meubler une soirée monotone.

Julien quêta le regard de Rinaldi, qui semblait très préoccupé par son moteur. Puis il sourit. Décidément, son histoire n'avait pas tenu très longtemps.

— Écoutez, je veux bien vous présenter des excuses. Pour le reste, ça vous dérangerait qu'on en parle au retour ?

Hernandez lui tapa sur l'épaule.

— C'est d'accord pour moi.

Sur ces mots, il se dirigea vers son Fokker.

— Même formation qu'hier, reprit-il. Je passe le premier, Arnaud suit derrière. Costa, tu seras en queue. C'est bon pour tout le monde ?

Sans regarder Julien, il ajouta d'un ton grave:

— Fais attention à toi, Costa. N'oublie pas que tu n'es pas seul et que les zincs coûtent cher. Entendu?

— Oui, papa.

Julien appréciait la gentillesse d'Hernandez. Pendant une seconde, il en oublia ses problèmes. Son problème.

Laura avait elle aussi tenté de le rassurer. D'abord, elle lui avait demandé de ne pas voler ce jour-là. Puis, en voyant le désarroi dans lequel le plongeait cette seule idée, elle l'avait réconforté – tout en se reprochant de le faire, il l'avait deviné. Il n'y avait aucune raison que ces incidents se répètent, avait-elle dit. Elle mentait plutôt bien, mais elle mentait quand même, et il le savait. Il priait comme un fou, comme un gosse, pour que tout se passe bien, se jurait qu'une fois cette mission-là terminée, il se soumettrait à tous les examens.

Dès qu'il fut aux commandes, Rinaldi à ses côtés, il oublia sa dispute avec Arnaud. Malgré toutes les rancœurs, tous les énervements, une réelle fraternité l'unissait à ses collègues. Rien ne pouvait vraiment atteindre cette entente. Il se recula contre son dossier, se conforma à la routine des vérifications qui précédaient le décollage, jeta un coup d'œil à Rinaldi. Tout allait bien.

Quelques minutes plus tard, l'appareil survolait les collines noircies et les champs dévastés. Dans cet univers de désolation, il se demanda s'il avait le droit de penser à Laura et, quelque part en lui, une petite voix lui souffla que oui.

« Oui, pense à elle. Pense à ce rire de plaisir qu'elle a eu lorsqu'elle a enlevé ses bas blancs et que tu as découvert ses jambes, longues et bronzées. Pense à ses pieds nus et à ses ongles vernis de rouge qui t'ont tellement surpris, tant ils s'accordaient mal à ses vêtements raisonnables. Pense à ses bras, à son corps, à son dos lisse, à sa bouche qui mendiait tes baisers... »

— On approche.

La voix de son mécano tira Julien de sa rêverie, et il revint à la réalité. Dans le creux des collines, le Lago de Plata brillait d'un éclat noir, encaissé dans la forêt. Hernandez avait fait le plein d'eau. Maintenant, il remontait, amorçait son virage. Derrière lui, Arnaud se présentait...

— Mais qu'est-ce qu'il fabrique ?

Arnaud avait attendu le dernier moment pour descendre au ras des arbres, et Rinaldi n'avait pu retenir un cri. Arnaud rasait à présent la surface du lac, écopait, fermait les soutes...

— Bon Dieu !

— Mais qu'est-ce que...

Le Fokker paraissait peser cent mille tonnes. Il arrivait au bout du lac, face aux arbres, beaucoup trop tard pour s'élever.

— Ouvre tes soutes, imbécile !

Cette fois, c'était Julien qui hurlait.

— S'il ne lâche pas sa flotte immédiatement, il ne pourra pas... Mais pourquoi est-ce qu'il a pris si court ? Il... Non !

L'appareil d'Arnaud s'enfonça dans les arbres comme un éléphant qui charge, brisant les troncs, creusant une tranchée dans le feuillage. Il y eut quelques secondes d'un calme mortel puis une explosion, une gerbe de feu qui fit tanguer le Fokker de Julien.

Celui-ci vira, décrivit un large cercle autour de l'avion abattu et mit le cap sur la base. La tête vide, la vue brouillée par des lueurs rouges, il ne pensait qu'à une chose, une idée qui lui martelait les tempes : rentrer, rentrer à la base. Retrouver le calme. Pas de flammes. Plus de flammes.

— Qu'est-ce que tu fais ?

Rinaldi l'avait attrapé par le bras.

— Tourne, bon sang ! Tourne ! Il faut écoper, il faut balancer de l'eau sur cet avion ! Il reste peut-être une chance...

Julien devinait la fureur, l'angoisse de son mécanicien, mais il savait qu'il n'y avait déjà plus d'espoir.

— Tu crois aux miracles ? dit-il. S'ils ne sont pas morts sur le coup, nous allons les noyer !

Pourtant, il vira sur l'aile, se présenta face au lac, effleura la surface, fit le plein, remonta. Il suffisait de survoler l'avion d'Arnaud pour se rendre compte qu'il n'y avait plus rien à faire. Julien attendit d'avoir dépassé l'épave pour déclencher l'ouverture de ses soutes.

Durant tout ce temps, il demeura d'un calme olympien. Rinaldi, crispé sur son siège, finit par exploser :

— Dis quelque chose, enfin ! Tu t'en fiches ou quoi ?

Julien tourna vers lui un visage sombre, où une volonté farouche masquait toute émotion.

— Nous allons finir ce que nous avons à faire, déclara-t-il. Préviens Lima par radio.

Et toute la journée, des dizaines de fois, ils passèrent sur le lac, écopèrent, remontèrent… le tout sans échanger un mot. Devant leurs yeux s'imposait l'image d'une carcasse fumante, ce qui avait été un avion et n'était plus qu'un amas de métal où gisaient ceux qui avaient été leurs compagnons. Une ou deux fois, le mécano amorça un geste pour toucher l'épaule de Julien. Mais chaque fois, il y renonça.

9

Une fois les moteurs coupés, lorsque Hernandez, Paco, Julien et Rinaldi se retrouvèrent sur la piste déserte, le silence leur sembla assourdissant. Ils regardaient autour d'eux, scrutant le ciel, attendant ce dernier avion qui ne se poserait plus.

Ils étaient là tous les quatre, hébétés, envahis par une tristesse mortelle, une incompréhension totale. Costa pensait aux derniers mots qu'il avait échangés avec Arnaud, dictés par des petites rancunes, des non-dits qui prenaient maintenant une résonance sinistre. Il pensait à ce coup de poing idiot qu'il lui avait donné sans réfléchir. Il pensait à ces deux hommes qui, si peu de temps auparavant, étaient encore tellement vivants, à cette complicité qui les avait unis et qu'un mensonge ridicule et la présence d'une femme avaient suffi à détruire, mais qu'il avait cru pouvoir reconstruire. Désormais, plus rien n'était réparable. Le silence de leurs machines était celui de leur désespoir.

Julien vit Hernandez venir vers lui. Depuis que l'avion d'Arnaud s'était enflammé, il savait qu'il allait être tenu pour responsable de ces morts intolérables. Les mots que prononça Hernandez, il aurait pu les dire lui-même.

— C'est ta faute! Tu le sais?

Julien se passa la main sur le visage, puis lui livra son regard, nu, impuissant, désespéré. Rinaldi gardait les yeux sur la piste de terre rouge. Elle semblait maintenant immense, déserte. L'absence d'un avion créait un vide vertigineux.

— Ce n'est la faute de personne.

Rinaldi avait parlé si bas que personne ne l'avait entendu. Déjà, Hernandez revenait à la charge.

— Il m'avait prévenu! Il voulait se prouver qu'il pouvait faire aussi bien que toi, Costa: aller jusqu'au point de non-retour. Il t'admirait, tu m'entends? Il voulait tenter ce plongeon mortel que tu avais réussi. Ce qu'il ne savait pas, c'est que toi-même, tu ne t'en étais pas rendu compte! Je n'ai pas raison, Costa?

Il le défia du regard, attendant une réponse qui ne vint pas.

— Tu n'as rien à dire?

— Non.

— Tu ne veux pas savoir comment ça se fait que je sois au courant de tes... malaises?

— Non.

— Mais pourquoi...

— Pourquoi je n'ai rien dit?

Julien remonta le col de son blouson, parcouru soudain d'un frisson glacé.

— Parce que je voulais me battre, lutter contre moi-même. Je voulais retrouver cette vieille fraternité qui nous unissait tous. Je voulais me prouver que j'avais encore ma place parmi les équipages. C'est tout.

— Et cette fille, pourquoi l'as-tu fait revenir hier soir ? Pour nous narguer ? Tu voulais te démarquer de nous, qui avons tous une femme, des enfants, une petite vie bien rangée ?

Julien s'était tourné en direction du lac. Il revoyait la carcasse noircie, ces lueurs de forge...

— Tu as raison, mentit-il, je voulais vous narguer.

— Tu ne comprends donc pas ? Tu ne vois pas que la venue de cette fille a poussé Arnaud à bout ? Il te sentait plus libre que nous. Il regrettait le temps où rien ni personne ne le retenait nulle part, où il pouvait foncer à l'autre bout de la planète sur un simple coup de fil...

— Nous y sommes, au bout de la planète.

— Pour y faire quoi ? Aligner nos dix ou douze heures de travail par jour, rien d'autre. Mais on a oublié de nous prévenir que nous pouvions mourir.

— C'est faux, objecta Julien. Nous le savions. Nous l'avons toujours su. Tant qu'il y aura des feux, il y aura des morts.

— Pas des morts stupides, inutiles comme celle-là ! Nous sommes des pilotes, pas des acrobates. C'est toi qui as donné l'exemple, avec ton héroïsme de pacotille. Tu es malade, Costa. Tout le monde le sait. Rinaldi, Paco... On t'a vu te cramponner à ton zinc comme un homme soûl. Pourquoi n'as-tu rien dit ? Nous aurions pu éviter ce gâchis et... Eh ! Où vas-tu ?

— Voir le radio.

La nuit tombait, et jamais Julien ne l'avait trouvée si sombre, si silencieuse. Il ne cessait de s'imaginer là-bas, auprès des corps sans vie de ses deux copains.

Un jour, la végétation prendrait possession des restes de l'avion. Des gosses tomberaient par hasard sur les tôles rouillées, imagineraient une histoire d'aventuriers perdus et chercheraient un trésor, jusqu'à ce que leur enfance les quitte.

— Des nouvelles de Lima?

Oui, le radio avait des nouvelles: Lima déplorait ce tragique accident et demandait un état de la situation sur les feux. Et puis, il y avait ce message, signé «docteur Ortega»...

Vous prie donner identification équipage disparu.

Derrière ces quelques mots, Julien devina l'inquiétude de Laura. Il imagina sa prière: «Dites-moi que ce n'est pas lui. Assurez-moi que ce n'est pas son avion, que lui et son mécanicien sont sains et saufs. Quand je l'ai quitté ce matin, tout était si simple: il dormait, je l'aimais, et je suis partie sans même un au revoir. Dites-moi que c'est un autre, même si ma demande est égoïste. Ça ne peut pas être lui.»

Il froissa le message et le fourra dans sa poche.

— Vous pouvez répondre?

Le radio posa soigneusement son cigare dans son cendrier, en prenant garde à ne pas briser la cendre.

— Est-ce qu'il s'agit bien du Dr Ortega, cette femme qui est venue ici pour la visite médicale?

— Mais... oui, pourquoi?

— Et ce médecin fait partie de votre famille?

— Vous savez bien que non! À quoi jouez-vous? Écoutez, ce sont des circonstances exceptionnelles. Ne soyez pas ridicule! Je vais écrire deux lignes et...

— Pas de messages personnels, c'est la règle. Vous le savez.

L'homme reprit son cigare, en cassa délicatement la cendre du bout de l'index et ajouta:

— C'est tout, capitaine Costa?

— Non. Allez au diable!

Avant de sortir, Julien examina le visage large et indifférent du radio. Il faillit lui demander si la bouteille de bière posée sur le bureau était bien réglementaire, puis se ravisa.

Cette base était une prison dont il ne sortirait que lorsqu'on lui en ouvrirait les grilles. Quand? Demain? Après-demain? Dans huit jours?

Sa haine et son chagrin se cristallisaient sur le radio. C'était lui qui apprendrait la nouvelle, lui qui serait le premier à connaître la date à laquelle d'autres équipages viendraient les relever. Et il prendrait encore le temps de décapsuler une canette et d'allumer un de ses maudits cigares avant de traîner les pieds jusqu'à la porte pour leur annoncer qu'ils étaient libres!

— Claudia? C'est moi, Laura. Dis-moi, est-ce que ton téléphone marche?

Claudia éclata de rire et se tourna vers son mari.

— Eh, Juan! Laura m'appelle pour me demander si notre téléphone marche!

— Réponds-lui que la ligne est coupée depuis des mois parce que nous n'avons pas payé la note ! Elle est cinglée ou quoi ?

— Qu'est-ce qui te prend, Laura ? Pourquoi est-ce que tu me demandes ça ?

Il y eut un silence, pendant lequel Claudia devina que son amie avait posé la main sur le combiné.

— Laura ? reprit-elle. Qu'est-ce qui ne va pas ?

— Ta télévision est-elle allumée ?

— Non, pas pour l'instant. Mais qu'est-ce qui t'arrive ? Tu as décidé de vérifier que tout fonctionnait chez nous ? Tu veux des nouvelles du réfrigérateur, du ventilateur ?

La voix brisée, Laura répondit dans un souffle :

— Il paraît qu'un avion de la Catalina est tombé. J'ai envoyé un message à la base, mais personne ne répond. Je ne sais pas quel équipage est...

— Où es-tu ?

— Au dispensaire. Je voulais rentrer chez moi à temps pour les informations, mais j'ai tant de choses à faire ici ! On me dit qu'ils passent un flash en ce moment sur l'accident. Je t'en prie, Claudia, allume ton poste.

— Tu n'as personne à Lima qui pourrait...

— S'il te plaît, Claudia ! Tu ne comprends donc pas ? Tu es la seule à être au courant ! À qui d'autre veux-tu que je demande une chose pareille ?

Claudia se précipita vers la télévision, le téléphone sans fil à la main. Juan la suivit d'un regard étonné.

— Qu'est-ce qui te prend ? fit-il. Ils ont avancé l'heure de ton feuilleton ?

— Oh, tais-toi ! C'est Laura.

— Tu me l'as déjà dit.

— Il paraît qu'un avion s'est cassé la figure. Elle est morte de peur, répondit Claudia, la main plaquée sur le combiné du téléphone.

Elle passa fébrilement de chaîne en chaîne et, enfin, trouva le flash d'informations dont lui avait parlé Laura.

« Le pilote et son mécanicien ont vraisemblablement péri dans l'accident. On ne saluera jamais assez le courage de ces hommes qui risquent leur vie afin de protéger nos champs, nos fermes. Ces deux Français étaient ici depuis le début des incendies meurtriers qui dévastent le pays. Aucune victime n'est à signaler dans la population. Le lieu du crash a été repéré immédiatement, grâce aux indications des équipages des deux autres appareils. On peut penser que les corps des deux hommes resteront sur notre sol, sur cette terre pour laquelle ils ont sacrifié leur vie… »

Claudia s'effondra dans un fauteuil.

— Mon Dieu ! Mais qu'est-ce que je vais lui dire ?

— Il y avait deux équipages français, non ?

— Enfin, Juan ! Tu crois que ça la rassurera, si je lui annonce qu'il y a une chance sur deux pour que l'homme de sa vie soit dans le lot ? Tu t'imagines qu'elle va prendre une pièce de monnaie pour jouer la vie de ce type à pile ou face ? Rends-toi compte : c'est la première fois depuis que je la connais qu'elle a l'air amoureuse !

Soudain, elle parut prendre une décision. Sans cesser de plaquer sa main sur le combiné, elle tendit le téléphone à Juan.

— Tiens, dit-elle, prends-le.

— Moi ?

— Oui, toi. Tu vas jouer le type désinvolte et réconfortant. C'est un bon rôle pour toi, non ? Moi, je ne peux pas. Invente ce que tu veux, ça m'est égal. Improvise, mais rassure-la.

Juan imagina le visage de Laura, à l'autre bout de la ligne, espérant d'eux, et d'eux seulement, un mot de réconfort. Il était sûr qu'elle aurait pu se renseigner autrement, au dispensaire, questionner les gens autour d'elle, refuser les demi-mensonges, les faux espoirs, les regards fuyants... Mais c'était à eux qu'elle demandait de répondre à son angoisse. Et, au nom de leur amitié, il opta pour la seule solution possible : le mensonge.

— Laura ? Ne panique pas. Cet avion a dû se poser quelque part, tu sais. De toute façon, c'était un équipage péruvien, d'après le présentateur...

Claudia écoutait la voix de son mari débiter ces sornettes, les yeux fermés. Elle sursauta en l'entendant poursuivre :

— Et si tu venais nous voir ?

— Tu es fou ! fit-elle dans un chuchotement affolé. Qu'est-ce qu'on va lui dire, si elle arrive ?

Juan posa le combiné contre sa poitrine.

— Que nous ne savons rien. Que notre poste de télévision ne marche plus, qu'il crache des parasites comme un fou...

— Allô ! dit Laura. Juan ? Tu es toujours là ?

Il porta de nouveau l'appareil à son oreille.

— Excuse-moi, je parlais à Claudia. Elle insiste pour que tu viennes à la maison. Et ne te fais pas de mauvais sang pour cette histoire d'accident. C'est une invention de journalistes. Tu sais bien qu'au Pérou nous sommes les champions des fausses nouvelles, n'est-ce pas ? Bientôt, on nous apprendra qu'il s'agissait d'un équipage chinois et que...

— Mais toi, qu'est-ce que tu crois ?

— Je crois que tu es tombée amoureuse d'un immortel. Voilà ce que je crois. Alors, on t'attend ?

— Je ne sais pas...

— Par pitié, Laura, ne m'oblige pas à te supplier, fit Juan avec un soupir exagéré.

— Bon, d'accord, j'arrive.

— Très bien. Je te prépare un cocktail au pisco. Tu verras qu'après, tout s'arrangera. Tu te souviens de la recette ?

— S'il te plaît, Juan...

— Donne-moi la recette, Laura. J'ai un trou.

« Si c'est un subterfuge pour lui faire oublier ses peurs, pensa Claudia, il a peu de chances de réussir. » Pourtant, la voix brisée de Laura énuméra, comme une litanie pathétique :

— Pisco, citron vert, Angustura, glace pilée...

— Et ? fit Juan, qui l'écoutait attentivement, l'air grave.

— Et un blanc d'œuf. Mon Dieu, Juan ! Qu'est-ce que je vais devenir, si c'est lui qui est mort ?

— Personne n'est mort. Tu viens, alors ?

— Je viens, oui. Je viens.

Il raccrocha avec une drôle de grimace. Claudia se jeta sur lui.

— Tu lui parles de cocktail au pisco alors que ce type est peut-être mort. Tu es fou ?

— Sûrement. Mais tant qu'elle pourra espérer, elle gardera des forces. Souviens-toi : il y avait deux équipages français. Le présentateur n'a pas été fichu de donner leurs noms – ou n'a pas été autorisé à le faire. Et puis...

Il s'interrompit soudain et regarda sa femme comme s'il la voyait pour la première fois.

— Viens une seconde dehors avec moi, tu veux bien ?

Ils sortirent dans la nuit. Les étoiles étaient si proches qu'on aurait pu les toucher en levant la main. Une lune énorme, blanche, trouait le ciel noir.

— Si ce pilote est mort – Costa ou un autre – avec son mécano, nous nous poserons toujours la même question : est-ce que ces arbres, cette terre valaient le prix de deux vies ? Qu'est-ce que le chagrin de Laura, dans tout cela ?

— Je ne comprends pas...

— Imagine que ce ne soit pas Costa. Imagine qu'un autre pilote soit mort, dont nous ne savons même pas le nom. Nous serions soulagés de l'apprendre, n'est-ce pas ? Pourtant, quelque part dans le monde, une autre femme, que nous ne connaissons pas, pleurerait toutes les larmes de son corps. Laura a découvert un sentiment tout neuf. Elle vit l'amour comme une musique – notre musique, ma douce – et elle oublie qu'il y a d'autres hommes qui luttent aussi pour nous. Alors, tu vois, il ne nous reste qu'une chose à faire : nous souvenir de la recette du cocktail au pisco et boire à la santé de notre amie qui est enfin devenue une femme, même si c'est dans la douleur. D'ailleurs, est-ce qu'on a le choix ?

Claudia regarda le ciel, puis les arbres, respira l'odeur âcre et douce des citronniers et ne trouva rien à répondre.

10

Trois jours avaient passé depuis l'accident, et les deux équipages survivants avaient poursuivi leurs rondes, survolant des dizaines de fois les décombres de l'avion qui gisait dans les bois. La veille, Julien avait appris que de nouveaux pilotes et mécaniciens viendraient les relever dès le lendemain – date à laquelle avait été fixé l'enterrement d'Arnaud et de Mathieu, dont les restes avaient été recueillis par une équipe de pompiers.

Seul dans son baraquement, avachi sur un des fauteuils en rotin, Julien attendait que le temps passe en buvant une bouteille de bière. Les autres, sans doute, se trouvaient au mess, où ils partageaient leur chagrin. Il n'y était pas allé, sachant qu'il ne serait pas le bienvenu.

À présent, où qu'il se tournât, il ne croisait que des visages fermés. Rinaldi lui-même lui adressait à peine la parole, et cela lui faisait mal. Il savait pourtant que son vieux copain ne le tenait pas pour responsable de la tragédie, il le lisait dans ses yeux. Simplement, il n'osait pas parler, devinant sans doute la culpabilité qui rongeait Julien et n'ayant aucun remède à lui proposer pour l'en guérir.

Les femmes d'Arnaud et de Mathieu devaient arriver ce soir. Elles avaient accepté la requête des autorités péruviennes : que leurs maris soient enterrés ici, dans la terre pour laquelle ils s'étaient battus. Julien n'en avait rien dit à personne, mais il comptait bien assister à l'enterrement. Il en avait besoin, sans doute pour s'assurer que ses compagnons reposeraient en paix et que leurs fantômes ne viendraient pas le hanter jusqu'à la fin de ses jours.

Parfois, surgissant des brumes de sa détresse, le visage de Laura s'imposait à son esprit. Mais il chassait son image avec toute l'énergie qu'il lui restait. Pour l'instant, il ne se sentait même pas digne de penser à elle.

La petite église délabrée était presque vide. Heureusement, la date et le lieu de l'enterrement n'avaient pas été divulgués aux médias, sinon les curieux se seraient précipités en masse à la cérémonie funèbre, songea Julien, qui écoutait d'une oreille distraite les paroles du prêtre.

Les femmes d'Arnaud et de Mathieu – leurs veuves, à présent, rectifia-t-il avec un petit frisson – étaient assises au premier rang, ainsi que le représentant officiel du gouvernement. Lorsqu'il était entré dans l'église, Julien avait d'abord hésité, puis il était allé rejoindre Hernandez, Paco et Rinaldi au deuxième rang.

Des veuves, il ne distinguait que le dos et les épaules qui tressautaient parfois sous l'effet de leurs sanglots étouffés. Y avait-il quoi que ce soit qu'il pût faire pour atténuer leur peine ? Se flageller à leurs pieds en s'accusant de la mort de leurs maris ne servirait à rien, il le savait. Ce ne serait qu'un moyen pour lui de se décharger un peu du fardeau de sa culpabilité.

La cérémonie ne fut pas longue, et ils se retrouvèrent bientôt dans la rue, sous le soleil aveuglant de midi, maigre procession endeuillée qui se dirigeait vers le cimetière du village. Là, deux trous creusés dans la terre rouge attendaient les cercueils.

Pilotes et mécaniciens restèrent en retrait tandis que le prêtre récitait une dernière prière. Puis la femme de Mathieu prit la parole et, d'une voix presque inaudible, récita un poème d'un auteur anglais en forme d'adieu à son mari. Julien l'entendait comme à travers une épaisse couche de brouillard, mais quelques vers soudain lui parvinrent, le sortant de sa torpeur.

> *Regarde le miroir*
> *Contemple ta détresse,*
> *La vie demeure un bienfait*
> *Même si tu n'as plus rien à bénir...*

À ces mots, des larmes brouillèrent la vue de Julien. Il se passa vivement la main sur les yeux, les dissimulant aux autres. Ces larmes, elles étaient pour Arnaud et Mathieu, mais c'étaient aussi des larmes de soulagement. Il avait l'impression que la veuve de Mathieu venait de lui donner la permission de continuer à vivre.

Les uns après les autres, ils jetèrent sur les cercueils une poignée de terre. Puis Julien, imitant ses compagnons, serra la main des deux femmes. Certains leur murmurèrent quelques paroles de condoléances, mais il en fut incapable. Enfin, sur un signe discret du prêtre, ils s'éloignèrent tous les quatre, laissant les veuves se recueillir sur les tombes de leurs maris.

Ils arrivaient à la sortie du cimetière quand Hernandez le prit à part. L'air gêné, le Chilien s'éclaircit la gorge.

— Euh... Costa, je voulais que tu saches... Enfin, ce que je t'ai dit l'autre jour, je ne le pensais pas vraiment. J'étais sous le choc de l'accident, tu comprends... C'est vrai que tu as fait l'imbécile, mais Arnaud n'aurait jamais dû t'imiter. Bon sang, quel gâchis ! Et tout ça pour une stupide histoire d'orgueil...

Il secoua la tête, puis, sans attendre Julien, s'éloigna à grands pas.

Julien resta un moment à l'entrée du cimetière, à contempler les silhouettes sombres des femmes de ses amis penchées au-dessus des tombes. Tout à coup, cela lui parut irréel, si irréel qu'il se détourna et regarda dans la rue, en direction de ses collègues qui l'attendaient, persuadé un instant qu'il allait voir cinq hommes et non trois.

Mais il n'y avait que Rinaldi, Paco et Hernandez. D'un pas lent, il les rejoignit. Ses prières n'avaient servi à rien : les fantômes de ses amis morts seraient probablement à ses côtés encore longtemps.

— On peut compter sur vous l'année prochaine ? Je vois que le petit problème de votre dossier médical a été réglé, n'est-ce pas ? Vous avez consulté le Dr... le Dr Ortega, c'est cela ? Très bien. Alors, capitaine Costa, je vous souhaite bonne chance. Pour ce qui est arrivé à vos compagnons, encore une fois, je vous présente mes sincères condoléances. Enfin! Nous avons malheureusement à déplorer de temps en temps ce genre d'accident...

Julien hocha la tête en silence. Il ne pouvait rien dire à cet homme, ni que ce problème de dossier n'avait pas été réglé, ni que, s'il avait un peu de bon sens, il ne reviendrait pas l'année suivante. Après une poignée de main, il quitta les bureaux de la Catalina.

Sur le trottoir de l'*avenida Tacna,* il hésita une seconde, puis décida de remonter *el Jiron Cailao* pour s'arrêter à la poste centrale. Mais il s'immobilisa après quelques mètres et regarda autour de lui. Pourquoi essayer de joindre qui que ce soit, alors qu'il n'y avait qu'un seul homme au monde dont la voix aurait pu le rassurer : Arnaud? Ou bien ce type qu'il avait à peine connu, le mécanicien qui était mort à ses côtés, Mathieu... Mathieu, à peine entrevu, et désormais lié pour l'éternité à son pilote.

Rinaldi l'attendait à l'hôtel. Costa sourit en l'imaginant étalé sur son lit, un verre à la main, regardant d'un œil un film auquel il ne comprenait rien, mais, comme un gosse, se gavant d'images.

Julien, lui, n'avait qu'une image en tête : celle de l'avion d'Arnaud qui ramassait ses six mille litres d'eau, peinait pour remonter, n'y parvenait pas, frôlait les arbres, s'y engouffrait... Puis l'explosion, les flammes, le vertige qui s'était emparé de lui et le cri de Rinaldi. Il gardait de ces quelques instants le souvenir d'un cauchemar. Il lui semblait encore qu'il n'avait qu'à tourner la tête et faire un geste pour que tout s'efface. Il devait faire un effort pour se rappeler que ce n'était pas un mauvais rêve, que l'accident était hélas! bel et bien arrivé.

Et Laura qui s'était immiscée sans le savoir dans un jeu mortel... Est-ce qu'ils auraient eu un avenir ensemble, si elle n'avait pas été liée à cette partie de roulette russe?

Julien inspira à fond. Machinalement, il porta les mains à son cou nu et se souvint de son écharpe. Il eut tout à coup envie de faire semblant, d'agir comme si rien de tout cela n'était arrivé, d'aller déjeuner au bord de la mer et d'y emmener ceux qu'il avait perdus.

Il souriait toujours. Si un passant avait pris le temps de le regarder, il aurait vu un homme tenir le col d'un vieux blouson en cuir à deux mains. Il aurait peut-être croisé deux yeux bleus qui regardaient sans voir. Étonné, il se serait retourné sur la longue silhouette qui hésitait au bord d'un trottoir et levait le bras pour héler un taxi. Il aurait vu le chauffeur s'arrêter et entendu les quelques mots que lui lançait son passager:

— *El Salto del Fraile*. À Chorrilos, sur la plage de Terradura.

— Un bon restaurant, approuva le chauffeur. Au bord de la mer...

— Je sais. Dépêchez-vous, j'ai faim. Et puis, on m'attend.

C'était un mensonge. Julien n'avait pas faim. Il n'avait même pas envie de voir la mer. Il rôdait autour de la carcasse de l'avion, et personne ne l'attendait nulle part.

Arrivé au restaurant, il s'installa sur la terrasse. Devant lui, la mer reflétait le bleu du ciel. Le bruit rythmé des vagues l'apaisa, et il se sentait enfin calme, empli d'une tristesse qu'il ne souhaitait pas chasser, quand il commanda une *cabiche de camarones*.

La sauce pimentée lui donna soif. En buvant, il se dit qu'il n'était qu'un homme, finalement, habité par l'envie de perdre en route certains souvenirs trop lourds.

— Garçon !

— Oui, monsieur ?

— Vous voulez bien ajouter deux assiettes, s'il vous plaît ? Vous y servirez la même chose.

— Je sers tout de suite, ou vous préférez attendre vos amis ?

— Servez tout de suite, ils sont là. Vous ne les voyez pas ? Apportez-nous aussi une bouteille de Vista Alegre.

Julien mangea comme un homme qui a tout son temps, tout en regardant refroidir les crustacés dans les autres assiettes. Pour la première fois depuis l'accident il avait l'esprit en paix. Après avoir bu son café et réglé son addition, il contempla encore un moment le sable de la plage, la mer, en écoutant les bavardages des autres clients.

Les gens avaient l'air heureux. Il pensa à Laura, en se demandant si cet amour qu'elle lui avait donné ne ressemblait pas à un jouet cassé. En regardant ses mains, il se souvint qu'elles avaient caressé les cheveux courts de la jeune femme, et il sut qu'il ne pourrait jamais la séparer du souvenir de ses compagnons perdus.

Pourtant, presque machinalement, il rappela le garçon avant de partir et lui demanda l'adresse de l'hôpital.

Vingt minutes plus tard, il se trouvait devant un grand escalier inondé de soleil. Il hésita un instant, puis monta à l'accueil demander le Dr Ortega. Là, on lui apprit que Laura avait pris un congé de quelques jours, mais qu'elle était peut-être chez elle... La réceptionniste parlait encore que Julien avait déjà quitté l'hôpital.

Arrivé à l'immeuble de Laura, il trouva porte close. Ce ne fut qu'à ce moment qu'il se rendit compte qu'il ne savait rien d'elle. Qui étaient ses amis? Que faisait-elle en dehors de son travail? Il fixa la porte fermée et l'imagina allant et venant dans son appartement, prenant une douche, lisant, dormant. À la réflexion, il y avait peut-être un autre homme dans sa vie... Puis il revit ses yeux sérieux, son visage attentif et ce bref sourire qui l'avait tant attendri, et il songea que c'était peu probable.

Il allait repartir quand une femme apparut dans l'escalier. Lorsqu'elle atteignit le palier, il s'effaça pour la laisser passer.

— Excusez-moi, madame, fit-il, est-ce que vous connaissez le Dr Ortega? Je viens de sonner, et elle n'est pas là. Est-ce que vous sauriez où je peux la joindre?

— Qui êtes-vous?

— Un ami. Nous avions rendez-vous mais, apparemment, je l'ai manquée.

— Je ne sais pas si elle apprécierait beaucoup...

— Je vous en prie, c'est important.

— Vous savez, elle est partie si vite…

La femme lui tourna le dos et inséra sa clé dans la serrure.

— Nous sommes voisines, reprit-elle, mais je la connais peu. Elle a vaguement parlé d'un accident…

Elle jeta un coup d'œil à Julien.

— Oh! après tout, entrez une seconde! Je vais vous donner une adresse.

Julien repartit au bout de quelques minutes. En dévalant l'escalier, il déchiffrait un nom : Huancayo, suivi d'un numéro de téléphone. «Ce sont ses amis, avait dit la voisine. Elle est sans doute chez eux.»

En retrouvant la chaleur de la rue, le bruit des voitures et l'indifférence des passants, Julien éprouva de nouveau le sentiment de panique qui l'avait saisi un peu plus tôt, à l'hôpital, quand il pensait qu'il ne retrouverait peut-être jamais Laura. Il devait rentrer au plus vite à l'hôtel, prévenir Rinaldi, fourrer quelques affaires dans une valise, louer une voiture et abattre ces deux cents kilomètres qui le séparaient de Laura.

Il se jeta dans un taxi. Arrivé à l'hôtel, il délaissa l'ascenseur et gravit l'escalier quatre à quatre. Lorsqu'il fit irruption dans la chambre qu'il partageait avec son mécanicien, il s'arrêta net en le voyant penché sur un sac ouvert sur le lit.

— Que se passe-t-il? Tu t'en vas?

Rinaldi se laissa tomber près de la pile de vêtements qu'il avait préparée.

— Oui, je m'en vais. Viens avec moi si tu veux. J'en ai marre. Le Pérou n'est plus le Pérou. Je

n'arrête pas de penser à Arnaud et à Mathieu...
et je me dis que, si je change d'endroit, tout ira
mieux. Bref, je rentre.

Julien n'osa pas tout de suite lui parler de
Laura.

— Puisque tu veux rentrer, allons-y. En attendant, si on allait boire un verre quelque part, toi
et moi ?

— Oh, parce que tu comptes rentrer aussi ?
Tu me prends pour un imbécile ou quoi ?

— Qu'est-ce que tu veux dire ?

— Je veux dire que tu n'es pas à un mensonge
près.

— Comment ça ?

— L'hôpital a appelé, dit Rinaldi.

— L'hôpital ?

— Tu n'y es pas passé, peut-être ? Tu n'as pas
laissé le nom de l'hôtel ?

— Si, mais je ne vois pas...

— Tu n'as pas déboulé à la réception comme
un fou pour savoir où se trouvait ton précieux
petit médecin ?

— Bon, c'est vrai, admit Julien. Et alors ?

— Et alors, ils m'ont donné un nom et une
adresse à Huancayo.

— Pourquoi ne m'ont-ils rien dit, à moi ?

Julien alla jusqu'à la salle de bains et se regarda
machinalement dans le miroir. « J'ai vraiment
l'air d'un fou », pensa-t-il.

— Sans doute parce qu'ils n'en ont pas eu
le temps. Il paraît que tu n'as pas attendu dix
secondes. La fille de la réception avait l'air désolée que le *señor* ait été si pressé. Mais dis donc...

Julien ouvrit les robinets du lavabo et mit ses mains en coupe pour plonger son visage dans l'eau froide, si bien qu'il n'entendit pas ce que lui disait Rinaldi.

— Qu'est-ce que tu racontes ?

— Tu tiens vraiment à cette fille ? demanda le mécanicien en apparaissant dans l'embrasure de la porte.

— Oui, Rinaldi. Figure-toi que, tout à l'heure, en déjeunant face à la mer…

— Parce que tu es allé déjeuner ? Tu aurais pu me faire signe !

— Tu dormais. J'ai commandé à manger pour Arnaud et Mathieu, et j'ai eu incroyablement besoin d'elle. Voilà.

— Tu as commandé à manger pour Arnaud et Mathieu ? répéta Rinaldi, les yeux écarquillés.

— Tu trouves ça ridicule, n'est-ce pas ?

Rinaldi se campa face à la fenêtre.

— Non. Je… Oh, rien.

Julien le vit fouiller dans ses poches, en ressortir ses mains vides et, finalement, passer la manche de sa chemise sur ses yeux. Puis Rinaldi se retourna avec un rire étranglé.

— D'accord, bouclons nos valises et chacun pour soi, d'accord ? J'ai envie de rentrer en France. Tu veux que j'appelle la réception pour qu'ils te commandent une voiture ? Tu pourrais peut-être me conduire à l'aéroport…

Julien fit un pas vers lui et l'interrompit, d'une voix où, soudain, perçait l'excitation.

— J'ai une meilleure idée : tu viens avec moi. Je retrouverai Laura, puis, tous les trois, on prendra des vacances et on ira se balader dans le pays. Tu dis que tu en as marre du Pérou mais, après tout, avec le boulot, on n'a pas eu le temps d'en voir grand-chose...

Mais Rinaldi, face à lui, secouait doucement la tête.

— Sacré Julien... toujours dans tes rêves, hein ? Même si tu en as changé... Ça ne me dit rien de parcourir le Pérou de long en large, même avec toi. Et puis, toi et ton petit médecin, vous avez besoin d'être seuls.

Sans répondre, Julien vint à son tour se placer devant la fenêtre, à côté de Rinaldi, qui lui tournait le dos. Après un long silence, il murmura :

— Je crois que tu as raison... Pour mes rêves, je veux dire. C'est vrai que, quoi qu'il arrive, je resterai toujours un rêveur. Mais comme tu l'as dit, j'ai changé de rêves. Je sais que tu as dû penser que la disparition d'Arnaud et de Mathieu me laissait insensible, mais c'est faux... Leur mort a au moins été utile à quelque chose : elle m'a aidé à me sortir de ces fantasmes dans lesquels je me complaisais depuis si longtemps. Fantasmes d'héroïsme, de gloire... Quand mon état de santé s'est dégradé, je m'y suis accroché encore plus qu'avant. C'était tout ce qu'il me restait, tu comprends. Ce rôle que tu m'as si souvent reproché de jouer, je le jouais surtout pour moi. Pour me convaincre que j'étais toujours le même.

Il se tut, mais ne bougea pas. Le regard fixé sur le spectacle de la rue, il sentit que Rinaldi posait la main sur son épaule, puis la serrait, sans un mot.

Ému, Julien s'éclaircit la gorge et reprit:

— Je suppose que toi, tu l'avais compris depuis longtemps: c'étaient des rêves égoïstes, des rêves inutiles. L'essentiel, dans cette aventure que nous avons partagée, c'est la fraternité. C'est ça, le plus beau rêve. Malheureusement, il a fallu deux morts pour que je m'en rende compte...

Il redressa les épaules et se tourna vers Rinaldi.

— C'est pour ça que je te demande aujourd'hui de venir avec moi, vieux. Au nom de notre amitié.

Rinaldi regarda un moment Julien. Dans ses yeux brillait toute la tendresse qu'un homme peut offrir à un autre.

— Je ne peux pas, Julien. Cet accident nous a touchés tous les deux différemment et, moi, j'ai besoin de m'éloigner le plus possible de l'endroit où il a eu lieu. Mais d'ici quelque temps, on se retrouvera à Paris, d'accord?

Julien hésita un instant, mais finit par répondre:

— D'accord. Je comprends.

— Oh, une dernière chose...

Rinaldi marqua une pause, et un sourire malicieux se dessina sur ses lèvres.

— Oui? fit Julien.

— N'oublie pas de dire bonjour au Dr Ortega de ma part.

Calé contre le dossier du siège de sa voiture de location, la nuque sur l'appui-tête, Julien jeta un coup d'œil à la carte ouverte sur le siège à côté de lui.

Cela faisait déjà une demi-heure qu'il avait laissé Rinaldi à l'aéroport. N'étant guère, l'un et l'autre, d'un tempérament expansif, ils s'étaient séparés sur une brève accolade. Julien était cependant heureux d'avoir pu lui ouvrir son cœur, d'avoir chassé les nuages qui s'étaient amoncelés entre eux depuis la mort d'Arnaud et de Mathieu.

Dire que durant six ans, Rinaldi avait été à ses côtés et qu'il avait fallu cette tragédie pour qu'il comprenne l'importance que leur amitié avait à ses yeux ! Aujourd'hui, Julien réalisait que, ce qu'il avait cherché dans l'aviation, ce n'était pas tant une vaine quête d'héroïsme, mais cette fraternité irremplaçable qui unissait les pilotes et les mécanos les uns aux autres. Mais s'il cessait de piloter, il lui faudrait renoncer aussi à cela…

À sa propre surprise, lorsqu'il avait quitté l'aéroport, il avait éprouvé un certain soulagement. Il aurait certes été heureux que Rinaldi reste avec lui, et sa proposition de l'emmener pour visiter le pays avait été sincère, mais il avait l'impression qu'en laissant derrière lui ce témoin de la tragédie, il permettait à ses souvenirs de s'estomper un peu. Il savait pourtant que les visages d'Arnaud et de Mathieu reviendraient encore longtemps le hanter.

Un autre visage, celui de Laura, s'imposa à son esprit. Il savait où elle était désormais et, bizarrement, plus le moment de leurs retrouvailles approchait, plus il voulait le retarder.

Sur la carte routière, la grande tache bleue du Pacifique lui fit envie : promesse de pureté, de fraîcheur... Il décida d'emprunter la longue route qui menait au site de Pachacamac. De là, en remontant dans les terres, il trouverait Jauja et piquerait enfin sur Huancayo. Près du but, le cœur gonflé d'espoir et d'appréhension, il demanderait alors *la Finca de Aliaga*.

Il roula lentement, la tête vide, sur une trentaine de kilomètres puis, au débouché de la vallée fertile du *Río Lurin*, ouvrit tout grand les yeux. Devant lui s'élevaient les ruines du plus prestigieux des sanctuaires pré-incas consacrés au dieu Pachacamac, «celui qui anime le monde».

Il arrêta la voiture et, encore une fois, ressentit le besoin douloureux de la présence de Laura. Si elle avait été là, il aurait serré sa main dans la sienne, puis l'aurait entraînée dans ce petit restaurant qui conservait le style des anciennes haciendas coloniales et aurait commandé un *aji de gallina* et des *tamales*, ce plat très épicé fait de poulet, de porc, de maïs et de raisins secs cuits dans des feuilles de bananier. Il aurait ri de voir rougir les joues de la jeune femme et aurait appelé le serveur pour lui demander un pichet de chicha.

Puis il se souvint qu'elle était péruvienne et que c'était plutôt lui, le Français, qui aurait besoin d'éteindre le feu dans sa gorge.

Mais peu importait. Il avait faim. Son faux repas de midi était déjà loin. Il entra dans la pénombre du restaurant et commanda les plats qu'il aurait voulu déguster avec Laura. Les *tamales* étaient aussi forts qu'il l'avait rêvé et la chicha délicieusement fraîche.

En sortant, il vit que sa voiture était entourée d'une nuée de gosses et fit tinter dans sa poche quelques *intis*. Pour mieux jouer les *gringos*, il alla jusqu'à la minuscule arène réservée aux combats de coqs, contourna la *plaza de toros* et revint. De retour à sa voiture, il partagea sa monnaie entre les enfants. Leurs regards sombres, leur gaieté grave lui firent chaud au cœur, et il se sentait parfaitement détendu quand il s'installa sur le siège chauffé par le soleil.

— Qu'il est beau, ton pays, Laura ! dit-il à voix haute en mettant le contact.

Il s'arrêta encore au temple de la lune, fit un bref détour par le sanctuaire de Urpi-Huachac, puis reprit la monotone Panaméricaine qui longeait la côte péruvienne, désert percé d'oasis, taches vertes au creux des vallées lointaines.

L'air devenait de plus en plus chaud et humide, et il se demanda quel genre de climat il allait trouver à *la Finca de Aliaga*.

11

De loin, il vit les lumières de la maison. Sans trop savoir pourquoi, une centaine de mètres avant d'arriver à la barrière blanche qui délimitait la propriété, il se gara sur le bas-côté, éteignit le moteur et les phares, descendit de voiture et s'avança à pied dans la nuit, comme un voleur.

Bientôt, il distingua trois silhouettes : un homme et deux femmes. Il entendit un rire, et il se demanda pourquoi il avait fait tant de kilomètres pour venir jusqu'ici. Toutes ces recherches, toute cette angoisse pour découvrir des gens assis dans la nuit chaude, devant une table encombrée de verres où des glaçons achevaient de fondre.

Tout était rentré dans l'ordre, finalement – sans lui. Elle était chez des amis, dans son pays. Cette satanée chaleur lui était familière. Elle y était bien, elle riait... Qu'est-ce qu'il venait faire dans tout cela ?

Un chat vint se frotter contre sa jambe, mais il s'en rendit à peine compte. Il gardait les yeux fixés devant lui, sur Laura. C'était bien elle, lovée dans un fauteuil, les jambes repliées. Et c'était bien sa voix, calme, posée, qu'il entendait.

— J'aurais dû attendre chez moi, disait-elle. J'ai eu tort de venir ici. C'est une histoire entre lui et moi. Je savais qu'il prenait des risques, et nous avions bâti notre relation sur ces risques-là.

— Vous en aviez parlé, tous les deux ?

La voix de Laura s'éleva de nouveau, sourde, butée.

— Non.

— Vous vous êtes vraiment conduits comme des gosses ! s'exclama l'autre femme. À croire que vous sortiez tous les deux d'un film des années cinquante ! Toi dans le rôle de l'infirmière en blanc, embrassant son pilote bien-aimé avant le départ en mission au-dessus des lignes ennemies... Mais il faisait un métier comme les autres, tu sais. Il n'y a ni héros ni héroïne dans la réalité, Laura.

Durant une minute, personne ne parla. Puis Laura reprit :

— Je croyais pouvoir l'aider, tout simplement. Et maintenant...

Julien, immobile, écoutait cette petite voix triste, qui ne se plaignait pas. Elle était amoureuse, et elle cherchait pourquoi. Quelle impasse que l'amour ! Combien de silences, combien de malentendus fallait-il surmonter avant de connaître l'harmonie !

Mais qui était cet homme dont elle parlait au passé ?

— Tu comprends, Claudia, Julien m'a demandé de l'aider à tricher. Et je l'ai fait. La première fois que je t'ai parlé de lui, je t'ai dit que j'avais l'impression qu'on se ressemblait. Et c'est vrai :

j'ai menti pour essayer de garder celui que j'aime, comme il a menti pour pouvoir continuer à voler.

Dans l'ombre, Julien hésitait. Allait-il prendre la fuite ou faire une entrée fracassante ?

Il avait sans doute de nombreux défauts, mais il ne s'était jamais considéré comme un lâche. Il opta donc pour la deuxième solution. Il revint à sa voiture, mit le contact, lança toute la puissance de son moteur et freina devant la maison. « Je n'ai rien entendu, pensait-il. Je n'ai rien vu. Je déteste qu'on parle de moi comme si j'étais déjà mort. »

Lorsqu'il sortit du véhicule, une voix d'homme l'apostropha :

— Hé ! Éteignez vos phares, bon sang !

— Julien ! Qu'est-ce que tu... qu'est-ce que vous faites ici ?

Spontanément, Laura avait repris le vouvoiement. Cet homme qui se dirigeait vers elle était un étranger. Elle aurait voulu se jeter dans ses bras, mais tout dans son attitude, dans sa démarche lui interdisait de le faire. Il s'approcha nonchalamment du fauteuil où elle était assise, prit l'écharpe de soie posée sur le dossier et l'enroula autour de son cou.

— Je suis venu parler.

— Parler ! Mais... à qui ? Et de quoi ?

Elle ne reconnaissait pas cet homme, elle ne voulait pas voir la détresse qu'il cachait derrière sa désinvolture. Sous le choc, elle laissait son regard errer sur ses épaules solides, ses bras, sa poitrine et cette écharpe qu'il avait récupérée, qu'il lui avait reprise comme s'il ne la lui avait jamais donnée.

Claudia ne tarda pas à s'excuser : elle devait s'occuper du dîner. Juan posa un verre devant Julien, avec un drôle de bougonnement qui pouvait passer pour un mot de bienvenue, avant de s'esquiver à son tour en direction de la cuisine.

Laura observa l'homme qui venait de s'asseoir à côté d'elle. Ce n'était plus l'amant d'une nuit, celui pour lequel elle avait cru mourir d'angoisse. C'était un inconnu, avec un sourire qui le lui rendait complètement étranger. Mais un inconnu si beau qu'elle aurait pu l'aimer.

— Si on reprenait tout depuis le début ? dit-elle.

— De quel début voulez-vous parler ?

— D'un certain vendredi matin...

— Où vous vous êtes enfuie pendant que je dormais, acheva-t-il.

— Je n'ai pas fui : je suis partie. L'avion était là pour me ramener.

— Et vous m'avez attendu, depuis ?

Laura prit une profonde inspiration avant de répondre :

— Oui. Chaque minute, chaque seconde.

— Levez-vous.

— Pardon ?

— Marchez un peu, que je vous regarde. Vous savez que je ne vous ai jamais vue marcher ?

— À quoi jouez-vous ?

— Mais à rien ! Souvenez-vous : je vous ai vue aller de l'avion au bar, et de la porte au lit. C'est tout.

Son ton badin irrita Laura, et soudain toute l'inquiétude qu'elle avait accumulée durant les jours précédents se changea en colère.

— Vous êtes venu jusqu'ici pour m'humilier? Alors, restons-en là, capitaine Costa. J'ai été très heureuse de passer une nuit avec vous. Mais voyez-vous, pour moi, c'est sans importance. Tous les ans, je «fais les bases», je me choisis un homme dans ce somptueux cheptel de pilotes esseulés. J'arrive, je fais semblant de feuilleter quelques dossiers, je passe la nuit avec celui que j'ai sélectionné, et je repars. On me dit qu'un équipage s'est écrasé? Il me suffira d'en choisir un autre et de recommencer. Oublions ma panique, ma venue ici… Je croyais m'être mise à l'abri: je ne vous attendais pas. Je voulais simplement voir mes amis, leur parler, leur faire croire que j'avais rencontré celui qui m'avait tirée de ma solitude. Eh bien, c'est raté! Sans doute me suis-je aveuglée un instant, d'accord. Mais j'ai rapidement ouvert les yeux. Je suis tombée sur un acteur, je me suis abandonnée dans les bras d'un comédien qui ne croit même plus à son rôle. Déjà, l'image devient floue, et la bobine est peut-être bien cassée, fichue, jaunie. Le film est fini.

Laura se tut et vit Julien s'étirer nonchalamment. Il avait écouté sa tirade sans rien perdre de son flegme.

— Alors, je peux repartir en paix?
— Oui.
— C'est vraiment ce que vous voulez?
— Oui, répéta Laura, furieuse d'entendre sa voix chevroter.

— Vous savez, vous êtes vraiment bonne comédienne, vous aussi. Mais je n'ai pas cru un mot de ce que vous venez de dire.

Il s'approcha, prit la nuque de la jeune femme dans sa main et l'attira contre lui.

— Non.

Ignorant sa protestation, il la serra contre lui, et elle sentit le lourd blouson en cuir contre ses seins.

— Qu'as-tu fait, pendant tout ce temps?

Au son de sa voix douce et caressante, Laura cessa de lutter. Tout son corps se détendit, et elle ferma les yeux, savourant la douceur de cette main sur sa nuque.

— J'ai fait ce que font les femmes: j'ai attendu. Nous sommes très douées pour attendre, tandis que vous jouez.

— À quoi?

— À des bêtises. À prendre des poses avec des airs terriblement romantiques, en blouson en cuir et écharpe blanche. À continuer à voler, quand tous les examens médicaux du monde vous l'interdisent. À jouer avec vos nerfs et ceux des autres, à jouer avec le feu...

Elle s'interrompit en sentant ses lèvres dans ses cheveux. Tout contre son oreille, il murmura dans un souffle:

— Je ne peux pas m'arrêter de voler. Pas maintenant.

— Tu y arriveras.

— Je n'en suis pas sûr.

— Même si je te disais que j'ai besoin de toi?

— Je ne sais pas.

— Même si je te disais que je t'aime?

Il recula d'un coup, comme si elle l'avait brûlé.

— Même, dit-il.

Elle le regarda s'éloigner de quelques pas et se retint de le rejoindre lorsqu'il reprit d'une voix étouffée :

— Et si j'étais mort à la place d'Arnaud ? Qu'est-ce qu'on aurait écrit sur ma tombe ? « Mort d'avoir trop joué avec le feu » ? Bon Dieu ! Je n'arriverai jamais à me débarrasser de ce souvenir-là, Laura. Pourtant, tout au long de cette route, je n'ai pensé qu'à toi. Kilomètre après kilomètre, tu me devenais de plus en plus indispensable. J'ai même acheté des tonnes de cadeaux pour toi. Des bibelots ridicules, des objets inutiles. Le coffre de la voiture est plein de calebasses gravées, de ponchos, de masques, de tous ces trucs que tu dois connaître depuis ta petite enfance. J'avais fini par oublier que tu étais d'ici... J'ai cru me faire tout pardonner en achetant des hochets. Mais j'étais malheureux, en colère contre moi-même, contre ces avions qui ne tenaient qu'avec des bouts de ficelle, contre cette envie de gloriole qui me poussait à continuer. Reste près de moi, Laura. J'ai besoin de toi. Dès que je t'ai vue, je l'ai su. Il n'y a qu'à toi que je puisse dire toutes ces choses-là. J'ai fanfaronné trop longtemps, Laura, j'ai trop menti.

Il gardait la tête baissée, tourné vers la nuit, et elle écoutait sans mot dire ce torrent de mots qui franchissait ses lèvres.

— Je me disais que cette mission s'achèverait par une belle photo de famille, qu'on oublierait les heurts, les rancœurs. Ce que je ne supporte pas... Tu m'écoutes ?

— Oui, murmura-t-elle.

Elle eut du mal à reconnaître sa propre voix, tant elle était proche du sanglot.

— Ce que je ne supporte pas, c'est qu'on se soit moqué de nous. Ces appareils étaient pourris. Ces soutes n'auraient jamais dû rester bloquées.

— En signant ce contrat, tu ne savais pas que les avions n'étaient plus très jeunes ?

— Si, bien sûr, mais... Eh bien, Rinaldi a toujours fait des miracles. Et puis, je ne pouvais pas deviner qu'Arnaud se prendrait pour un acrobate, qu'il voudrait répéter la folie que j'avais commise bien malgré moi. Nous nous étions disputés la veille, tu te souviens ? Et le matin, une fois encore, il m'avait pris à parti, me reprochant de leur avoir menti, m'accusant de t'avoir soudoyée... cela, je ne l'ai pas supporté, et je lui ai flanqué mon poing dans la figure. Mais je pensais que cela n'avait pas beaucoup d'importance, qu'après tout, c'était une broutille, que l'amitié l'emporterait finalement sur la rancune... Bref, ce jour-là, quand il a vu que son zinc ne remontait pas, il n'a peut-être même pas essayé de redresser. Il avait trop peur de tenter une manœuvre qui avait toutes les chances d'échouer, trop peur de perdre la face. Il savait que je le suivais, que je le voyais devant moi... Mon Dieu, Laura, je n'arrête pas d'imaginer son visage à ce moment-là... Je le vois regarder Mathieu, quand il a compris que les soutes ne s'ouvriraient pas et qu'ils allaient s'écraser dans les arbres, mourir tous les deux !

Laura se leva enfin et fit quelques pas dans sa direction. Une odeur de forêt, chaude et humide, montait du paysage nocturne autour d'eux. Elle prit dans ses mains le visage de Julien pour le forcer à la regarder droit dans les yeux.

— Et maintenant, dit-elle, qu'est-ce que tu vois ?

Il consentit à sourire.

— Une fin heureuse, avec un beau mariage.

— Un mariage ? J'ai déjà donné.

— Moi aussi. Mais cela n'avait rien à voir avec toi. Je ne sais même plus pourquoi je me suis marié. Sans doute parce que je me sentais seul, tout simplement. Mais la cérémonie n'était pas terminée que j'avais déjà compris mon erreur. Nous étions trop différents, cela n'aurait jamais pu marcher...

— Et qu'est-ce qui te fait penser que nous deux, ça fonctionnera ?

Il effleura ses lèvres du bout des doigts, comme s'il avait peur de la toucher, et décréta :

— J'en suis sûr. Fais-moi confiance.

— Tu sais qu'il y a en moyenne deux divorces pour trois mariages ?

— Pas la seconde fois, répondit Julien, tandis que ses doigts se promenaient sur la bouche de la jeune femme, suivaient la courbe de son menton. Là, on passe à quarante pour cent de réussite. C'est un progrès, non ?

Elle arrêta sa main et y posa doucement sa joue.

— Je ne sais pas. Pourquoi ne pas continuer comme ça ?

— Je veux que tout soit officiel, régulier, en ordre. Pour une fois.

Elle ne put s'empêcher de rire.

— Toi ? Tu as envie de vivre normalement ?

— On achètera une maison, dit-il. Où tu voudras.

— Et je laisserai tomber mon métier. Je passerai ma vie à chasser la poussière, je repasserai tes chemises, et tu me feras je ne sais combien d'enfants.

— Il serait temps, non ?

— Courtois, poète... Décidément, tu as toutes les qualités !

Il déposa ses lèvres au creux de son cou, et elle sentit un frisson la parcourir.

— Je te ferai six ou sept enfants... reprit-il dans un murmure.

Laura poussa un petit cri effrayé.

— J'espère que tu plaisantes !

— ... parce que je t'aime, poursuivit-il. Et parce que tu m'aimes.

— Non.

— Tu ne m'aimes pas ?

— Si. Viens.

Elle l'entraîna dans la maison. Il la suivit dans la pénombre bienfaisante d'un couloir où des carreaux de céramique entretenaient la fraîcheur. Dans la cuisine, les lumières éteintes indiquaient que Juan et Claudia avaient disparu. Ils traversèrent le grand salon, dont le plancher résonna de leurs pas. Plus loin, dans l'entrebâillement d'une porte en bois blanc, une lampe éclairait le coin d'un lit, une courtepointe en patchwork de couleurs vives, le drapé mousseux d'une moustiquaire…

Laura poussa la porte.

— Nous voilà chez moi, dit-elle, alors qu'ils s'immobilisaient tous les deux sur le seuil de la chambre.

Depuis qu'ils étaient entrés dans la maison, Julien n'avait pas lâché sa main, comme s'il avait peur de la perdre. Il caressa sa nuque de sa main libre, et elle se serra contre lui avec un soupir.

Il la prit dans ses bras, la souleva de terre et alla la poser délicatement sur le lit. Laura l'attira à elle, le fit basculer à son tour sur le lit et s'enivra de ses mains, de sa peau, de ses lèvres… Elle avait l'impression de revivre une autre nuit et redécouvrait sous les caresses de Julien les chemins du plaisir. Un plaisir qu'elle avait cru ne jamais retrouver.

Plus tard, en laissant jouer ses doigts sur sa peau, elle chuchota :

— Tu veux vraiment qu'on se marie ?

— Oui. Dès demain, si c'est possible. Et si je te fais un garçon, je lui achèterai un cheval et un bateau.

— Et si c'est une fille ?

— Je mendierai pour lui acheter des diamants. Ou bien j'attaquerai une bijouterie, et vous viendrez me voir toutes les deux en prison. Tu t'habilleras en noir, et vous m'aimerez tant que vous dormirez sur un banc en attendant l'heure de la prochaine visite.

— Alors, je n'aurai pas d'enfants, décréta Laura.

— Mais si ! Plein !

Il se hissa sur un coude et la contempla en souriant.

— De quoi as-tu peur ? D'être obligée d'arrêter de travailler quelques mois ? D'avoir mal ? De devenir si énorme que je ne pourrai plus faire le tour de ta taille avec mes deux mains, comme maintenant ?

Il joignit le geste à la parole, et elle lui échappa en éclatant de rire.

— Tu verras, je serai aux petits soins pour toi, reprit-il. Je ferai la cuisine et le ménage, je surveillerai ton alimentation, je te porterai dans l'escalier. Nous ferons chambre à part, si tu veux. Je ne te toucherai plus, je...

— Non, surtout pas !

— Laura, tu sais quoi ? Lorsque nous ferons ce bébé, je voudrais que tu mettes cette chemise de nuit en flanelle que tu avais apportée pour passer la nuit à la base.

Laura sursauta et poussa un cri indigné.

— Tu l'as vue ? Tu as fouillé dans ma valise ?

— J'ai juste soulevé le couvercle pendant que tu prenais ta douche. Et je me suis demandé comment tu pensais pouvoir supporter ce truc par une chaleur pareille.

— Ce truc ! s'écria Laura, outrée. Mais je pensais qu'il y avait un climatiseur, dans vos baraques ! Et puis, je ne pouvais pas deviner que nous...

— Que nous quoi ?

Elle effleura ses lèvres d'un baiser à peine esquissé.

— Que nous rien, murmura-t-elle.

Puis elle parcourut son torse de caresses presque timides, comme si elle ne parvenait pas à croire à ce qui lui arrivait.

12

Ils dansèrent la *Marinera* et le *Tondero*, la valse créole et la salsa. Des Noirs formèrent un cercle pour la danse de l'Alcatraz, et Julien regarda avec stupéfaction et amusement les hommes tenter d'allumer avec une bougie le chiffon que les femmes portaient derrière leur jupe. Laura lui expliqua la danse des *Chacreros*, qui mime le repiquage des pommes de terre, et celle de la *Charka*, qui raconte la récolte. Il observa, fasciné, les trois danseurs des Kunduris, qui portaient une dépouille de condor dont les ailes leur recouvraient les épaules et les bras. Les musiciens, masqués de plumes, les accompagnaient tandis qu'ils imitaient l'envol lourd du rapace.

Le visage tendu, Laura était absorbée dans le spectacle. Elle n'était plus là, avec Julien, mais auprès des danseurs qui agitaient leurs perruques de filasse blonde. À tour de rôle, deux d'entre eux sortaient du cercle pour se livrer à un duel à l'épée qui ridiculisait les lointains envahisseurs espagnols.

Tambours, maracas, cuivres se mêlaient pour ces danses qui célébraient le souvenir des grandes chasses et celui des Incas, ou encore le soleil et la foudre. Enfin, lorsque Julien, fatigué et soûlé de bruits, d'odeurs et d'images, voulut repartir, il s'aperçut que Laura n'était plus là.

Il partit à sa recherche dans la foule et la trouva un peu plus loin, perdue dans la contemplation des danseurs. Elle lui parut brusquement étrangère, bien plus proche de ces gens qui virevoltaient sous ses yeux qu'elle ne l'était de lui, et il ne put s'empêcher de se sentir blessé.

Ces danses, ces costumes, ces rites faisaient partie de Laura, de son passé, de son être profond. Pour elle, chacun des mouvements de ce ballet avait une signification, chacune des notes de cette musique éveillait un écho familier. Peut-être même reconnaissait-elle dans cette foule les parfums de son enfance, l'odeur de ces corps fous de danse et de souvenirs.

Quand Julien s'approcha d'elle, Laura lui sourit et posa la main sur son bras. Encore une fois, elle expliqua patiemment à son compagnon le sens du spectacle qu'ils voyaient : c'était la dernière danse, dédiée à Auti Huilca, le dieu de la pluie. Mais son sourire parut distrait à Julien, ses paroles machinales, et il se sentit alors tellement loin d'elle, comme exclu de son univers par cette avalanche de symboles et de rites, qu'il se crispa.

— Il fait bien mal son travail, ton dieu de la pluie, railla-t-il. S'il s'était réveillé au bon moment, mes amis seraient encore de ce monde.

Laura ôta aussitôt sa main de son bras et s'éloigna sans un mot, sans même un regard. Julien se retrouva seul dans une foule immense, qui envahissait l'esplanade au pied de la forteresse de Sac-sahuaman. Beaucoup de femmes portaient le costume traditionnel que Laura, elle aussi, avait adopté pour ce jour de fête. Elle avait superposé Dieu sait combien de jupes et de jupons, ces *polleras* multicolores qui dansent à chaque pas et font ressembler celles qui les portent à des poupées qui glissent plus qu'elles ne marchent. Elle avait également serré sur ses épaules un *ahuaya*, châle rouge et noir, et enfoncé sur son front un chapeau de paille identique à celui qu'arboraient la plupart des femmes.

En quelques secondes, Julien la perdit de vue.

— Laura !

Affolé, au bord de la panique, il eut l'impression de revenir plusieurs jours en arrière, à ces instants où il l'avait cherchée avec la même frénésie qu'aujourd'hui. En un éclair, il revit Rinaldi en train de boucler son sac, le visage de la réceptionniste de l'hôpital, les yeux froids de la voisine, la route qui le menait vers Laura, vers la fin de ses angoisses…

Il s'était passé tant de choses entre-temps ! Laura avait voulu lui montrer son pays, ce pays pour lequel il s'était battu mais qu'il connaissait si mal, l'ayant seulement aperçu depuis les nuages, dévoré par les flammes ou noir de cendres, calciné, exsangue.

Ils avaient marché au hasard dans les rues de Cuzco, avaient découvert la splendeur baroque des églises, les trésors des musées. Ils étaient allés jusqu'à Urubamba, dans la vallée des Incas… Et pas une seconde, durant ces journées, Julien n'avait lâché la main de Laura. Pendant les nuits, il n'avait cessé de serrer son corps contre le sien. Elle marchait près de lui, dormait près de lui, faisait l'amour avec une gravité émouvante.

Mais il savait qu'elle attendait qu'il s'endorme pour se relever, se pencher à la fenêtre et respirer l'odeur de son pays.

Ils avaient roulé toute la nuit et étaient arrivés à Tres Cruces aux premières lueurs du jour. Là, il l'avait vue regarder la mer infinie de la forêt amazonienne. À l'horizon du ciel nocturne, une clarté blême commençait à poindre. Laura avait retenu son souffle, et il avait eu l'impression qu'elle commandait au soleil, qu'elle seule lui permettait de naître.

Peu à peu, les arbres noirs s'étaient éclairés, leurs cimes étaient devenues d'un vert laiteux, puis plus vif, plus vif encore et, comme une musique, la lumière avait éclaté. C'était à ce moment-là que Laura avait baissé les paupières et qu'elle avait doucement laissé filer son souffle, comme si elle se délivrait d'une douleur. Quand elle avait rouvert les yeux, il avait vu dans son regard cette lueur verte qu'elle avait volée à la forêt.

La gorge nouée, il s'était dit alors qu'elle ne lui appartiendrait jamais vraiment, qu'il l'avait peut-être déjà perdue.

Cette peur-là, il la retrouvait maintenant, alors qu'il la cherchait dans la foule bruyante et bigarrée.

Enfin, il la repéra, assise sur un muret, le visage offert au soleil. Elle avait posé son chapeau près d'elle et balançait ses pieds, qui dépassaient à peine de ses jupons multicolores.

Elle avait l'air d'avoir dix-sept ans et semblait avoir totalement oublié l'existence d'un certain Julien Costa.

Il ne lui demanda pas pourquoi elle avait disparu. Comme elle, il s'installa au soleil, sans un mot, et regarda les gens se disperser. Il voyait cent Laura, vêtues des mêmes jupons, défiler devant lui. Et cette fille aux cheveux courts assise à ses côtés, est-ce qu'il la connaissait mieux que les autres ? Les passants l'identifiaient comme l'une d'entre eux, lui adressaient un signe amical, abaissaient leur chapeau en coulant vers Julien un coup d'œil qui semblait vouloir dire : « Attention, *gringo* ! »

Comme Laura restait silencieuse, il murmura doucement :

— Tu ne veux pas quitter ce pays, c'est ça ? Je l'ai vu à tes yeux, tu sais, quand tu regardais la forêt. Je n'ai rien à faire dans ta vie…

— Et moi, rien dans la tienne.

— C'est faux. Je t'ai proposé de nous marier. Je t'ai demandé de vivre avec moi. Je… Mais regarde-moi !

Il la fit pivoter vers lui, mais il eut l'impression de ne tenir dans ses mains que les bras d'un automate.

Les yeux de Laura avaient gardé l'éclat vert de la forêt, et il n'y vit rien d'autre – il ne s'y vit pas.

— Ma vie est ici, dit-elle. Ma famille est ici. On a besoin de moi dans ce pays. Pas ailleurs.

Elle porta la main à son cou, là où, au lendemain de leur première nuit ensemble, elle avait enroulé son écharpe blanche, et il y vit la preuve inconsciente qu'elle cherchait à effacer tout ce qui s'était passé entre eux.

— Pourquoi veux-tu cacher cette marque ? C'est la trace de ma bouche...

Laura le regarda d'un air absent.

— Elle s'effacera, dit-elle. Ce n'était qu'un beau rêve, Julien, rien de réel.

Puis elle baissa la tête, et il eut envie de mettre sa main sur la nuque familière, d'attirer la jeune femme contre lui. Mais il la sentait hostile, raidie.

— Je t'en prie, Laura, viens en France avec moi. Imagine la tête de Rinaldi ! Il sera fou de joie. Nous t'emmènerons dans des tas de petits bistrots, je te ferai connaître Paris... Je t'en prie.

Laura haussa les épaules. À quoi bon ? Elle avait l'impression que ces quelques jours de bonheur passés avec lui ne leur appartenaient pas, qu'elle avait lu tout cela dans un livre.

Julien lui avait raconté qu'il avait fait semblant de déjeuner avec ses deux copains disparus, comme font certains peuples pour exorciser le souvenir de leurs morts. À présent, elle avait elle aussi ce sentiment : elle avait offert ses « je t'aime » à un fantôme. À un mort en sursis. Tant que Julien s'obstinerait à voler, elle passerait son temps à attendre l'inévitable.

— Les gens d'ici ont besoin de moi, dit-elle. Des tas de gosses se demandent où je suis passée, pourquoi mon bureau est vide, pourquoi le Dr Ortega a le droit de partir en vacances, alors qu'ils sont là à souffrir et à attendre.

— Et toi ?

Elle leva les yeux vers lui.

— Quoi, moi ?

Il la contempla longuement, avant de demander doucement :

— De quoi as-tu besoin, Laura ?

De nouveau, elle baissa la tête. Mais cette fois, c'était pour cacher ses larmes.

— De rien, Julien.

Il la prit par le bras.

— Viens, rentrons.

Ils roulèrent le soir et une partie de la nuit, en silence. Qu'auraient-ils pu dire de plus ? Laura avait l'impression qu'il n'y avait rien à ajouter. La vie de Julien était en France, la sienne ici, au Pérou. Après ces quelques jours merveilleux passés dans ses bras, un fossé s'était soudain creusé entre eux, séparant leurs univers. Se retrouveraient-ils jamais ? Et s'ils se retrouvaient, accepterait-elle de vivre avec lui en craignant à chaque minute de le perdre ?

À côté d'elle, les mains crispées sur le volant, Julien conduisait. Elle le regarda, contempla son profil ciselé qui se découpait dans la nuit, et il lui sembla que son cœur s'arrêtait de battre. Elle l'aimait tant ! Comment aurait-elle pu deviner qu'un jour, elle éprouverait un amour si fort pour un homme ?

Pourrait-elle accepter de le perdre ? Allait-elle vraiment le laisser partir seul, en restant en arrière, à des milliers de kilomètres de lui ? C'était impossible… Mais il lui était tout aussi impossible d'abandonner Lima, l'hôpital, son métier, tout ce pour quoi elle s'était battue contre Victor et ses parents.

Elle réprima un soupir. Plus elle y réfléchissait, plus la situation lui paraissait inextricable... Soudain, il lui sembla entendre la voix exaspérée de Claudia. Claudia, avec son bon sens et sa franchise qui la heurtait parfois, mais aussi son incurable romantisme. « Arrête un peu de réfléchir, Laura, lui aurait dit son amie, et saute dans l'avion avec ton pilote. Franchement, tu crois que le véritable amour se présente souvent dans une vie ? Si tu le perds, si tu le laisses partir, tu t'interdis aussi d'être heureuse. C'est vraiment la vie que tu veux mener ? Une vie sans doute bien remplie, faite de soins et d'attention donnés aux autres, mais sans amour ? »

Et Claudia aurait eu raison, songea Laura en soupirant franchement, cette fois. Malgré ce qu'elle avait dit à Julien, elle se sentait capable de tout accepter, d'abandonner son pays pour lui, mais il y avait une chose, une dernière chose, à laquelle elle était certaine qu'elle ne pourrait jamais se faire : la crainte qu'un jour, un inconnu à la voix lugubre l'appelle pour lui annoncer que l'avion de l'homme qu'elle aimait s'était écrasé.

Comme pour conjurer cette peur, elle tendit la main vers Julien et lui caressa le bras. Brièvement, il tourna la tête vers elle et, malgré la pénombre qui avait envahi l'habitacle, elle lut sur son visage tout l'amour qu'il lui portait.

Cette nuit-là, la dernière, ils la passèrent dans l'appartement de Laura, à Lima. À peine la porte refermée, Julien souleva la jeune femme dans ses bras et l'emmena dans la chambre. Là, dans le grand lit de Laura, il lui fit l'amour avec passion, presque avec rage. Sous son corps tendu, Laura haletait, gémissait et, quand arriva la jouissance, il chuchota :

— Dis-le-moi. Dis-le-moi maintenant.

— Quoi ?

— Que tu as besoin de moi.

Alors, Laura resserra ses jambes et ses bras autour de lui pour en faire les barreaux d'une prison dont il ne pourrait s'échapper, et elle répondit :

— J'ai besoin de toi... Oh, Julien, j'ai tellement besoin de toi.

Lorsque l'orgasme les emporta tous les deux, ensemble, Julien se pencha vers son visage crispé et cueillit les larmes qui roulaient sur ses joues.

Tôt le lendemain matin, Laura partit pour l'hôpital. Julien l'y accompagna. Son avion devait décoller à midi, Laura ne serait donc pas là pour lui dire adieu... pour lui dire au revoir, plutôt, songea-t-il aussitôt. Il refusait de croire que leur séparation serait définitive. Et puis, il ne voulait plus, plus jamais, devoir dire adieu aux gens auxquels il tenait – comme le destin l'avait forcé à le faire avec Arnaud et Mathieu.

Il gara la voiture devant l'hôpital et tendit la main vers Laura. Lorsqu'il la toucha, il lui sembla qu'elle était déjà loin, que sa peau même, d'ordinaire tiède et douce comme une pêche chauffée par le soleil, était plus froide. Elle accepta le baiser qu'il lui donna, mais il la sentit tendue contre lui.

— Au revoir, mon amour, murmura-t-il, le nez dans ses boucles dorées. Promets-moi que tu viendras. Je t'attendrai.

Elle ne répondit pas, n'émit qu'un son, qui tenait à la fois du cri étouffé et du sanglot. Puis, précipitamment, elle s'écarta de lui, ouvrit sa portière et attrapa son sac.

Mais, au dernier moment, alors qu'elle allait sortir les jambes de la voiture, elle se retourna brusquement vers lui, jeta ses bras autour de son cou et, une dernière fois, lui dit qu'elle l'aimait.

Cela faisait deux heures qu'il avait embarqué, pourtant Julien entendait encore les derniers mots que Laura lui avait murmurés.

À Tres Cruces, elle lui avait dit que leur histoire n'avait été qu'un rêve. Les rêves... Apparemment, Rinaldi et elle s'étaient donné le mot. Son mécanicien ne lui avait-il pas reproché de trop rêver, d'être incapable de voir ce que la réalité pouvait lui offrir ? Pendant si longtemps, son rêve s'était confondu avec la réalité : durant des années, il avait volé, s'était perdu dans les nuages, avait connu l'exaltation du décollage... et la sensation, il devait bien se l'avouer, d'être un peu plus qu'un simple mortel.

— Votre plateau-repas, monsieur.

Surpris, Julien quitta le hublot des yeux et tourna la tête vers l'hôtesse. Soudain, son cœur s'emballa : c'était Laura, elle était là... Mais il se rembrunit aussitôt. Cette jeune femme avait bien des boucles courtes et blondes, mais ses yeux étaient bruns, et son sourire n'était certainement pas celui de Laura. Il marmonna quelques mots de remerciement et se renfonça dans son fauteuil.

Était-ce ainsi qu'il allait vivre, désormais ? Comme un homme hagard et désemparé, qui croit voir à chaque coin de rue la femme qu'il aime ?

Mais que pouvait-il faire ? C'était elle, après tout, qui avait refusé de l'accompagner à Paris. Il l'avait demandée en mariage, lui avait promis tout ce qu'elle désirait... tout, sauf une chose. Et il savait bien que c'était là le seul véritable obstacle.

Comment choisir entre la femme qu'il aimait et la passion qui le faisait vivre depuis toujours ? Pour lui, arrêter de voler était aussi inconcevable que d'arrêter de respirer.

Épilogue

Lima était triste sous le soleil. Depuis des semaines, les bâtiments, les gens, les malades avaient tous la même couleur pour Laura : celle de la grisaille qui l'habitait et se communiquait à tout ce qui l'entourait. Les jours s'écoulaient, monotones, tous semblables. Elle n'éprouvait même plus de joie à faire son métier. C'était comme si Julien, en partant, avait emporté avec lui son énergie, l'avait vidée de tout enthousiasme.

Depuis son départ, il n'avait pas donné signe de vie. Parfois, malgré ses souvenirs, Laura avait l'impression d'avoir rêvé leur histoire. Dans les pires moments d'abattement, c'était son corps qui lui rappelait que ce pilote buté dont elle était amoureuse n'était pas une création de son esprit. Car la faim qu'il avait éveillée en elle ne se calmait pas. C'était le désir qu'elle avait de lui, bien réel, trop réel, qui lui permettait de croire que leurs étreintes n'avaient pas été des illusions.

Le téléphone ne sonnait pas, le facteur n'apportait que des lettres sans intérêt et, quand la tristesse ne s'emparait pas d'elle, c'était la colère qui prenait la place, l'envahissait littéralement, au point qu'il lui semblait qu'elle allait étouffer de rage. Elle criait à Julien qu'elle le détestait, jetait les coussins du canapé à la tête de son fantôme, qui accompagnait le moindre de ses pas. Puis, invariablement, elle s'effondrait, en larmes.

Qui aurait cru qu'un jour, elle éprouverait des émotions aussi violentes ? Cela lui ressemblait si peu ! Elle s'ordonnait de se contrôler et y réussissait – une seconde, puis le désarroi la reprenait.

Une semaine après son départ, comme elle n'avait pas de nouvelles, elle lui avait écrit à l'adresse qu'il lui avait donnée, à Paris. Mais sa lettre était restée sans réponse. À présent, après près d'un mois d'absence, elle en venait à se dire qu'il valait mieux tenter de renoncer à lui.

Forte de cette résolution, elle alla frapper un soir, une fois son service terminé, à la porte du cabinet d'Enrique. Celui-ci était en train d'ôter sa blouse et de la suspendre au portemanteau. En l'entendant entrer, il se retourna, et un sourire éclaira son visage.

— Ça alors, Laura ! Quelle bonne surprise !

— Bonsoir, Enrique, dit-elle en se forçant à sourire. Dis-moi, ça tient toujours, ton invitation à dîner ?

Il parut un instant décontenancé.

— Euh… bien sûr, bien sûr. Dis-moi simplement quel soir te convient, et je réserverai une table dans un des restaurants les plus romantiques qui soient…

— En fait, je pensais à ce soir, déclara Laura.

Mieux valait mettre son projet à exécution tout de suite. S'ils différaient ce dîner, elle risquait fort de changer d'avis. Enrique dut lire dans ses pensées, car il s'exclama avec empressement :

— Ce soir ? Pas de problème. On trouvera bien une table quelque part. Et puis, qu'importe le cadre, du moment que tu es là ?

Il s'avança vers elle et posa une main sur sa taille pour la pousser vers la sortie. En le sentant si proche, Laura eut un petit sursaut. Enrique n'était pas repoussant, loin de là, mais le simple contact de sa main sur ses reins lui faisait l'effet d'une agression. Elle se dégagea prestement et le précéda dans le couloir. Tandis qu'elle marchait, elle s'interdit de regretter sa décision. Elle avait besoin d'oublier Julien, ne fût-ce que pour une soirée, et dîner en compagnie d'un autre homme lui paraissait être le meilleur moyen d'y arriver.

La soirée fut agréable, la conversation plaisante et détendue, le dîner délicieux – du moins Laura le prétendit-elle. En réalité, tout ce qu'elle avalait lui semblait avoir un goût de sciure.

Enrique était charmant et jamais à court d'anecdotes. Il lui parla de son enfance, de ses frères et sœurs et parvint même à la faire sourire franchement. Laura s'efforçait de profiter de cette soirée, et elle crut même s'amuser réellement par moments. Le problème, c'était cette petite voix qui ne cessait de lui répéter : « Ne pense plus à Julien, oublie-le. » Et comment l'oublier alors que son esprit lui rappelait sans arrêt son nom ?

Lorsqu'elle eut mal à la mâchoire à force de s'obliger à sourire, elle déclara qu'il était temps pour elle d'aller se coucher. Enrique ne protesta pas, mais insista pour la raccompagner chez elle en taxi.

Quand ils arrivèrent devant son immeuble, il descendit avec elle et la suivit jusqu'à la porte d'entrée. Lorsqu'elle se retourna pour lui dire bonsoir et qu'il la prit dans ses bras, elle ne se débattit pas. Les lèvres d'Enrique se posèrent sur les siennes, douces, expertes, et elle lui rendit son baiser. Cette fois, elle n'éprouva aucune répulsion à son contact, mais cela lui fit à peu près autant d'effet qu'autrefois, quand, dans sa chambre d'adolescente, elle embrassait son oreiller pour s'entraîner à l'art du baiser. Elle ne ressentait rien, strictement rien.

— Je préfère qu'on s'arrête là, Enrique, dit-elle doucement, en reculant d'un pas. Je suis désolée.

En voyant son air incrédule, elle faillit éclater de rire. Pauvre Enrique ! Il était si sûr de son pouvoir de séduction... Sans lui laisser le temps de réagir, elle lui adressa un bref sourire, puis poussa la porte d'entrée. Tandis que le lourd battant en bois se refermait lentement derrière elle, elle courut vers l'escalier. Mais après avoir grimpé les premières marches, elle s'arrêta et fit demi-tour.

Elle avait oublié quelque chose... quelque chose qu'elle faisait pourtant tous les soirs. Elle s'immobilisa devant sa boîte aux lettres. Que trouverait-elle à l'intérieur ? Une nouvelle déception ?

Mais ce soir-là, dans le petit casier en bois, parmi les factures et les prospectus, elle retrouva l'espoir.

Abidjan, le 15 mars 1994

Je t'avais promis de t'écrire tous les jours, toutes les semaines, et c'est seulement maintenant que je le fais. J'ai retrouvé Paris. Dans l'avion qui m'emmenait là-bas, je te tenais la main, je voyais tes yeux, j'avais encore les lèvres douloureuses de notre dernière nuit.

Paris n'a pas changé, et j'en ai été bêtement soulagé. Chaque fois que je quitte cette ville, j'ai peur qu'elle en profite pour grandir ou modifier le nom de ses rues. Je t'ai emmenée partout, ma Laura. Je t'ai montré l'île Saint-Louis et l'Opéra, la place des Vosges et les ruelles de Saint-Germain-des-Prés. De temps en temps, tu levais ton visage vers moi et tu me disais quelques mots dans cette langue castillane qui est la tienne et qui est devenue pour moi synonyme d'amour, de plénitude, d'un temps où tu m'as appris que le soleil brillait pour nous.

Mon impossible amour... Tu es si loin, et je ne peux pas te rassurer. Comment as-tu interprété mon silence ? Me l'as-tu pardonné ? Ma Laura, est-ce que tu sais qu'il m'arrive de me retourner sur des filles parce que leur silhouette ressemble à la tienne ? Sais-tu que pendant les huit jours que j'ai passés à l'hôpital du Val-de-Grâce, j'ai suivi d'un œil affamé les allées et venues des infirmières ? Je te cherche partout.

Me voilà à Abidjan. Je t'écris de l'Hôtel Ivoire, où nous sommes logés à chacune de nos escales ici. La piscine est trop bleue, l'air trop chaud, les filles trop bronzées. J'ai devant moi un grand verre de punch aux fruits. Dans la rondelle de

181

citron, on a planté une petite ombrelle de papier multicolore, et je deviens si stupide à force de tant penser à toi que je t'imagine allongée en dessous. Tu me regardes, et tu me demandes quand je vais venir.

Et je vais venir, mon bel amour, et il faudra que tu me dises si tu vis cette séparation aussi mal que moi, s'il ne serait pas temps que nos vies se rejoignent...

Une larme coula sur le papier, diluant l'encre des mots de Julien. Laura tenait la lettre à deux mains, comme si elle risquait de s'envoler. Ses doigts serraient si fort le papier qu'ils le froissaient. Enfin, se disait-elle, enfin. Cette lettre, elle l'avait tant attendue !

Debout dans sa cuisine, elle lut les dernières phrases de Julien. Il devait quitter Abidjan pour Paris d'ici deux jours, disait-il, et, dès qu'il aurait obtenu un congé, il partirait pour Lima. Il l'aimait, ajoutait-il. Il l'aimerait toujours. Et il lui proposait de nouveau cette vie à deux dont elle rêvait, tout en la redoutant. Aujourd'hui, après ces semaines de tristesse, Laura savait que le bonheur d'être avec lui l'emporterait toujours sur la crainte de le perdre.

Elle replia soigneusement la lettre, la remit dans son enveloppe et la porta à sa bouche. Puis elle se mit à rire, d'un rire léger et gai. Elle n'allait tout de même pas embrasser ce bout de papier comme une collégienne embrasse le poster de son idole. Pourtant, elle déposa doucement les lèvres sur l'enveloppe, à l'endroit où Julien avait écrit son nom et son adresse et, l'espace d'une seconde, ce fut un peu comme s'il était près d'elle.

Puis elle se ressaisit et se mit à aller et venir dans son appartement, attrapant un sac de voyage juché au-dessus de l'armoire, sortant fébrilement des piles de vêtements, fouillant un peu partout pour retrouver son passeport. Ses préparatifs terminés, elle appela la compagnie aérienne et réserva une place sur un vol pour le lendemain.

Une fois la communication terminée, elle garda le combiné à la main, hésitante. Il fallait bien qu'elle prévienne quelqu'un… quelqu'un qui pourrait prendre le relais à l'hôpital, du moins pour quelques jours, le temps qu'on lui trouve un remplaçant pour la durée de son absence.

Finalement, sans plus réfléchir, elle composa rapidement un numéro de portable.

— Allô !

— Enrique ? Bonsoir, c'est Laura…

— Laura ? Attends, ne dis rien. Je sais pourquoi tu m'appelles : tu es revenue sur ta décision, n'est-ce pas ? Ne bouge pas. Le temps de dire au taxi de faire demi-tour et…

— Non, Enrique, coupa Laura, ce n'est pas pour ça que je t'appelle. En fait, j'ai un service à te demander…

Sans lui laisser le temps de poursuivre, Enrique déclara avec ardeur :

— Tout ce que tu voudras, ma belle Laura.

Laura fit la grimace.

— Ça risque de ne pas te plaire… mais je vais être franche. Voilà, j'ai besoin de m'absenter quelque temps, et il faudrait que tu prennes mes gardes à l'hôpital. Bien sûr, je préviendrai l'administration, et ils trouveront quelqu'un d'autre, mais en attendant...

— Qu'est-ce que tu racontes ? Tu ne peux pas quitter le navire comme ça, Laura ! Qu'y a-t-il de si urgent ?

— Je... je dois rejoindre quelqu'un à Paris et...

— Quelqu'un ? répéta Enrique d'une voix soudain glaciale. Et tu voudrais que je te permette d'aller le rejoindre, alors que ce quelqu'un, ce devrait être moi ?

— Je t'en prie, Enrique... murmura Laura.

Il y eut un silence, durant lequel elle adressa mentalement une petite prière à tous les dieux incas, ces dieux dont elle avait vu l'incarnation en compagnie de Julien. Enfin, Enrique reprit la parole en bougonnant.

— C'est bon, c'est bon... Mais puisque, apparemment, je suis condamné à jouer les amoureux éconduits, dis-moi au moins qui c'est, ce quelqu'un.

Laura ne put réprimer un petit rire.

— Disons que c'est mon Cary Grant...

« Mon Cary Grant », songea Laura avec un sourire amusé, allongée dans le lit que Julien venait de quitter, parmi un fouillis de draps froissés. Elle entendait la cascade de l'eau dans la douche. Ses vêtements étaient éparpillés un peu partout dans la chambre. À moitié caché sous sa jupe froissée, son sac à main gisait lui aussi sur le sol – ce même sac à main dans lequel elle gardait précieusement la lettre que Julien lui avait envoyée d'Abidjan. Peut-être un jour la montrerait-elle à leurs petits-enfants, en leur racontant l'histoire de l'amour qui avait surgi soudain entre une femme un peu trop raisonnable et un pilote casse-cou...

L'esprit empli de rêves, elle s'approcha de la fenêtre. Dehors, dans le soleil de l'aube, les toits de Paris rosissaient.

La veille, perdue parmi les passagers qui débarquaient du vol de Lima, elle avait tout de suite aperçu Julien. Son visage et sa silhouette lui avaient paru si familiers qu'elle s'était mise à trembler. Jusqu'à ce qu'elle franchisse l'étroit guichet du contrôle de police, elle avait pourtant conservé l'air serein. Elle avait posé calmement son sac, puis, sans plus faire semblant, elle s'était jetée contre lui. Son long voyage s'achevait là, parmi des milliers d'inconnus.

Elle avait retrouvé, reconnu son odeur, sa voix, le contact de ses mains, et tout cela lui avait semblé parfaitement naturel. C'était à ce moment-là qu'elle avait compris : où qu'il soit, son foyer était là où il se trouvait. Ils s'étaient regardés longuement, avant qu'il ne l'entraîne vers un taxi, presque gêné, comme s'il n'avait pas le droit de faire avec elle la dernière étape du voyage.

Mais il y avait trop de fleurs dans le petit appartement, la bouteille de champagne était trop voyante, le lit trop présent, et il avait fallu quelques instants à Laura pour se rappeler que c'était avec le souvenir de cet homme qu'elle avait vécu ces dernières semaines. C'était de lui qu'elle avait attendu désespérément un signe.

Puis il s'était approché d'elle et l'avait doucement attirée contre lui. Alors, elle s'était souve-
nue de sa bouche, comme si jamais elle n'avait
été privée de ses baisers. Ses mains s'étaient
rappelé son corps. Et c'était tout contre son
cou, les lèvres nichées au creux de son épaule,
qu'elle avait osé demander :

— Tu te rappelles ce que tu m'avais dit ?

— Que je t'aimais ? Que je t'aime comme ma
vie ?

— Que tu ne pourrais jamais cesser de voler,
avait-elle corrigé.

— Voler quoi ? Des oranges ? Des vieilles
dames ? À moins que tu ne parles de ces
machines en fer qu'on voit là-haut dans le ciel ?

Un espoir fou s'était alors insinué en elle,
mais, prudemment, elle avait répondu :

— Oui, je parle de ces drôles de machines.
Est-ce que tu les aimes toujours autant ?

Il s'était reculé d'un pas, le visage soudain
grave, et s'était assis sur le lit, sans lui lâcher la
main.

— Je crois que je les aimerai toujours, Laura.
Pourtant quelque chose a changé : elles n'ont
plus la première place dans mon cœur. Il m'a
fallu du temps pour accepter l'idée que je ne
volerais plus, mais j'ai commencé à faire mon
deuil. Tu sais que je ne t'ai jamais oubliée, durant
ces semaines où je suis resté loin de toi, n'est-ce
pas ? Ce n'était pas pour te faire souffrir que je
ne t'ai pas donné de nouvelles. Tu étais présente
dans ma vie chaque seconde. Le jour, je ne pensais qu'à toi ; la nuit, je ne rêvais que de toi. Mais
il me fallait un peu de temps pour réfléchir…

186

pour renoncer à ce qui a constitué la majeure partie de ma vie durant des années.

Laura, émue, lui avait serré la main.

— C'est donc vrai ? avait-elle murmuré. Tu ne voleras plus ?

— Non, mon amour. J'ai eu plus que ma part de montées d'adrénaline au décollage. Et puis, de toute façon, j'ai trouvé de quoi les remplacer avantageusement, avait-il ajouté en riant et en l'attirant à lui.

Laura avait basculé sur le lit et l'avait laissé l'étreindre, folle de bonheur.

Plus tard dans la nuit, alors qu'ils étaient étendus tous les deux, serrés l'un contre l'autre, il avait chuchoté :

— J'ai autre chose à te dire, ma chérie…

Malgré elle, Laura s'était raidie, craignant une mauvaise nouvelle. Julien avait dû deviner son appréhension, car il l'avait apaisée d'une caresse.

— Je sais que ton métier te tient à cœur, et je sais aussi à quel point tu es attachée à ton pays… avait-il déclaré. Je n'ai pas besoin que tu me prouves ton amour en abandonnant tout pour moi. Et puis je ne voudrais pas que tu me reproches un jour d'avoir sacrifié ta carrière pour moi, avait-il ajouté en riant. Je me suis renseigné et, apparemment, un poste d'instructeur m'attend à Lima…

— À Lima ? avait répété Laura, incrédule, en relevant brusquement la tête vers son visage.

— Oui, avait répondu Julien en déposant un baiser sur son front. Alors, voilà ce que je te propose : on se marie, on va s'installer au Pérou, et je te fais dix enfants.

— Dix ? Tu plaisantes ? Quatre, grand maximum !

— Huit. C'est mon dernier mot.

— Cinq, et c'est parce que je suis gentille…

Ils avaient continué à débattre ainsi, parmi les rires et les caresses, et à présent, tandis que Laura regardait Paris s'éveiller, apaisée et heureuse, elle eut soudain la certitude qu'ils avaient conçu le premier de leurs héritiers durant cette nuit courte et échevelée.

Le 3 mars
Cœur de cyclone de Eva Morretti (n° 6911)
Sur le paquebot qui l'emmène en Guadeloupe, Cardine savoure la
vie qui s'annonce devant elle. Tout juste diplômée d'architecture,
elle accompagne son fiancé dans la plantation familiale. Rapidement
séduite par la Léonie et par ses gens, mais déçue par Frédéric, qui
se révèle être un homme froid et calculateur, elle trouve refuge
auprès de son demi-frère, Simon, un métis aux yeux de braise, ô
combien différent de son promis...

L'amour aux deux visages de Michel Albertini (n° 6941)
Adrianna appartient la "guardia di finanza", une police fisacle et
économique. Envoyée à Palerme pour enquêter sur la mafia, elle
tombe, malgré elle, sous le charme d'Alessanro, photographe et vul-
canologue. Au cours de son enquête, la jeune femme découvre que
lui aussi appartient à la mafia. Mais il n'avait pas prévu la relation
qu'ils commencent à nouer, et ne sait comment lui expliquer ce
qu'elle ressent comme une trahison. Adrianna saura-t-elle lui pardonner ? Que faire ? Fuir ou rester ? Seul l'amour pourra la gui-
der...

Ce mois-ci, retrouvez également
les titres de la collection

Amour et Destin

Des histoires d'amour riches en émotions déclinées en trois genres :

Intrigue　　　　　*Romance d'aujourd'hui*　　　　　*Comédie*

Le 4 février　　　　　　　　　　　　　*Romance d'aujourd'hui*
La maison des souvenirs
de Karen White (n° 6905)
Jamais Carrie n'aurait pensé revoir sa Géorgie natale. Le mariage de
Harriet, sa sœur cadette, et de Joe, son ancien amour, l'a bien trop
meurtrie pour qu'elle y songe. Elle a refait sa vie à New York, où tout
lui réussit. Mais, sur le point de se marier, elle apprend que son père
est gravement malade. Très éprouvée, elle se prépare à revoir la petite ville de Walton, à retrouver les fantômes du passé. Là-bas, seul le
visage familier de Sam Parker, un ancien camarade de classe devenu
médecin, ne réveille pas les vieilles blessures.

Le 11 février　　　　　　　　　　　　　　　　　*Comédie*
Jamais sans les hommes
de Sarah Harvey (n° 5846)
Pour son travail, Alexandra est souvent en déplacement. Elle tient la
rubrique "Loisirs" d'un quotidien londonien. Quand elle découvre
que son compagnon, Max, avec lequel elle vit depuis six ans, met à
profit ses absences pour coucher avec son professeur de gym, elle
s'effondre. Comme antidote, ses meilleures amies, Emma et Serena,
organisent un concours : une chasse à l'homme qui dure deux mois !

Le 25 février　　　　　　　　　　　　　　　　　*Intrigue*
Illusion fatale
de Andrea Kane (n° 6869)
Lorsque Victoria Kensington, brillante avocate new-yorkaise, croise
dans un parc sa sœur, qu'elle croyait en Italie, le choc est sans précédent
: c'est à peine si elle peut la reconnaître, tant celle-ci a changé ! Tout
juste échappée d'une clinique privée, la Hope Institute, où elle est rete-
nue contre son gré, elle la supplie de la sauver. Et quand Victoria réalise que leur père, parfaitement au courant de la situation, ne tient pas
à ce qu'elle s'en mêle, elle est plus que décidée à agir ! Le sort lui réser-
ve un allié inattendu : Zachary Hamilton, son ancien amour, chargé par
le FBI d'enquêter sur cette clinique surprotégée…

ainsi que les titres de la collection

Aventures et Passions

Le 4 février
Flamboyante lady de Virginia Henley (n° 6850)
Angleterre, 1813. Alexandra est la petite-fille d'une très excentrique
lady. Comme toutes les jeunes filles, elle souhaite écrire, être indé-
pendante et... connaître l'amour. Hélas ! La riche héritière se doit de
respecter son rang, et son mariage avec lord Kit Hatton est déjà
prévu. Si les choses ne tenaient qu'à elle, elle choisirait le frère
jumeau de celui-ci, l'impétueux Nicholas, dont elle veut attirer l'attention, par tous les moyens...

Le 11 février
Celle qu'on n'attendait pas de Beverly Jenkins (n° 6856)
Fin XIXe siècle. De passage dans un bled perdu du Kansas, Loreli,
joueuse de poker professionnelle, est déterminée à refaire sa vie en
Californie. Pourtant, quand deux adorables fillettes élevées sous la
tutelle de leur oncle lui demandent d'être leur maman, elle craque.
Débordé par son métier de vétérinaire et ses activités politiques,
Jack n'est pas fâché d'être un peu secondé et Loreli accepte provi-
soirement de rester. En attendant, Jake et elle envisagent un mariage blanc, pour faire taire les mauvaises langues...

Le 18 février
Prince de cœur de Iris Johansen (n° 3757)
À travers les volutes d'encens, Jane l'aperçoit étendu sur son lit, nu,
d'une beauté féline. Avant même de se donner à lui, elle se sent corps
et âme possédée par cet homme. Ruel McClaren semble deviner ses
moindres désirs ; il l'entraîne dans un monde mystérieux qui n'obéit
qu'à un seul mot : Cinnidar, l'île dont la montagne est d'or. L'île
qu'il s'est juré de posséder, au mépris de tous les dangers, avec Jane
dans ses filets.

Le 25 février
La captive du roi de Jane Feather (n° 6870)
Londres, 1554. Depuis l'exil contraint d'Elizabeth, la cour anglaise
n'est pas des plus sûres. L'ombrageux Philip, roi d'Espagne, se
conduit en véritable despote. Craignant que la reine ne soit stérile, il
viole chaque nuit la belle Pippa qui, droguée, ne réalise pas d'emblée
toute l'horreur de sa situation. Le jour où la vérité lui apparaît, elle
se jette, éperdue, dans les bras d'un conseiller du roi, Lionel Ash-
ton...

6852

Composition Chesteroc Ltd
Achevé d'imprimer en France (La Flèche)
par Brodard et Taupin
le 5 janvier 2004 - 21851
Dépôt légal janvier 2004. ISBN 2-290-33728-5

Éditions J'ai lu
84, rue de Grenelle, 75007 Paris
Diffusion France et étranger : Flammarion